도대체 우리는 왜 야구를 보는가?

24개의 질문으로 풀어본
한국 야구의 시작과 미래

도대체 우리는
왜 야구를 보는가?

김은식 지음

글의온도

추천의 글

백 년이 넘는 세월 동안 야구가 한국인과 울고 웃으며 성장하고 사랑받게 된 과정을 아주 정확하고도 재미있게 설명하는 책입니다. 저 또한 평생 야구장에서 살아온 사람으로서 저의 삶과 수많은 선배님들에 관한 기억과 전설들을 새록새록 떠올리고 되새길 수 있었습니다.

_**김광수** 일구회장

우리나라에서 야구가 어떻게 시작되고 이어지고 최고의 인기 스포츠가 될 수 있었는지, 저 또한 배울 수 있는 기회였습니다. 그리고 새삼 야구선수가 되어 살아온 세월에 대한 뿌듯함과 팬들에 대한 감사함을 되새기는 시간이었습니다.

_**김성한** 전 기아 타이거즈 감독

이 책을 통해 야구장 밖에서도 야구가 얼마나 많은 사람의 삶과 이어지면서 성장해왔는지 알 수 있었고, 야구선수로서 더욱 자랑스러운 마음이 들었습니다.

_**이대호** 전 롯데 자이언츠

도대체 우리는 왜 야구를 보는가?

사람이 성장하면 자연스럽게 자기 뿌리에 대해 관심을 갖게 되듯, 한국인의 야구 사랑이 어디에서 시작되었는지 분명히 알 수 있었고, 조금 더 야구를 사랑하게 되었습니다.

_박용택 전 LG 트윈스

머리말

한국인은 왜 야구를 좋아할까?

몇 해 전, 대한민국 역사박물관에서 발간하는 영문 학술지Journal of Contemporary Korean Studies에 원고 한 편을 써달라는 청탁을 받은 적이 있었다. 특집으로 한국 사회에 관심 있는 외국 학자들을 대상으로 한국의 문화적 특징들을 소개하는 코너가 기획되었는데, 그중 한국인들이 야구를 좋아하는 이유를 설명하는 꼭지 하나를 맡아달라는 요청이었다.

확실히 오늘날 한국의 문화 속에서 야구가 차지하는 의미는 꽤 크다. 매일 벌어지는 프로야구 전 경기가 케이블 TV를 통해 중계방송되는 것을 비롯해 인터넷과 모바일을 통해서도 매일 수백만 명이 방송에 눈과 귀를 모은다. 전체 프로 스포츠 관중이나 매출 규모 면에서 야구가 차지하는 비중은 80%를 넘어간다.

나라마다 인기 있는 스포츠 종목이 다르지만, 그중에서도 야구가 가장 큰 인기를 구가하는 나라는 많지 않다. 세계에서 보편적으로 인기를 얻고 있는 축구를 능가하는 스포츠를 가진 나라는 찾아보기 어렵다. 우리는 축구 좋아하기로 세계에 소문 난 적도 있지만, 출전국수가 부족해 올림픽 정식 종목으로 들락날락할 정도로 세계적으로 비인기 종목인 야구가 그보다 더 큰 인기를 얻고 있다는 사실은 특이한 일임이 분명하다.

그래서 '내가 그 답을 해주마'라고 자신 있게 청탁을 받아들였지만, 문제는 그다음이었다. 막상 쓰려다 보니 나 역시 의문의 늪에 빠져들기 시작한 것이다. "도대체 한국인들은 왜 야구를 좋아하는 걸까?" 가만히 생각해보니 이상한 일이었다.

흔히 외국인에게 한국 문화의 특징을 설명하려면 한국의 독특한 자연환경과 전통문화 혹은 한국 사회가 겪어온 특별한 역사적 경험들을 내세워야 할 때가 많다. 하지만 야구는, 한국의 자연적 특징과 맞다고 보기도 어렵고 전통문화 속에서 유사한 흔적을 찾기도 어렵다. 물론 야구 종주국 미국의 정치적 영향을 많이 받았다는 점이나 세계에서 가장 야구를 좋아하는 나라로 통하는 일본의 식민 통치를 경험했다는 사실 정도는 설명으로 써먹을 만했다. 하지만 그 정도로는 충분하지 않은 빈틈이 있었다. 한국에 야구를 처음 전해준 것이 미국인이고, 일본의 식민 통치 영향을 받아 학교 중심으로 야구가 발전하게된 것도 사실이지만, 정작 미국과 일본의 정치 문화적 영향이 가장 강력하게 작용하던 동안에는 야구가 전혀 대중적인 문화가 아니었기 때문이다.

해방 전후는 물론이고 1960년대 후반까지도 대부분 한국인에게 야구란 특정 도시, 그러니까 서울, 인천, 부산, 대구에서 명문 고등학교를 졸업했거나, 미국이나 일본으로 유학을 다녀온 사람들이 즐기는 특이한 공놀이 정도로 알려졌을 뿐이었다. 그런데 1970년대 들어 갑자기 야구가 축구, 농구, 배구, 프로레슬링 같은 기존의 인기 스포츠들을 모두 제치고 최고의 인기 스포츠로 솟구쳐 오르게 되는데, 그렇게 갑작스럽게 만들어진 현상을 그저 싸잡아 미국과 일본의 영향 때문이었다고 설명하는 것은 아무래도 설득력이 없어 보였다.

결국 원고는 어찌어찌 얼버무려 넘기긴 했다. 놀이와 승부를 즐기는 습성이 있고, 식민지 기간 종종 벌어진 한일전에 민족주의적 정서가 모였으며, 각 지역의 애향심을 뭉치게 하는 중심 역할을 한 명문학교들이 야구로 대결하며 대중의 몰입을 이끌었다는 등의 이야기였다. 하지만 스스로 생각해도 명쾌하지 못한 것을 답이라고 던져주고 나온 후, 마음은 영 개운치 못했다. 그래서 그날 이후, 그 문제에 대한 좀 더 충분한 답을 찾기 위해 이런저런 자료들을 찾아다니기 시작했다. 얼마 되지 않는 한국 야구사에 관한 서술과 기록들을 찾아보고 옛날 신문들을 뒤적이고 또 야구와 함께 살아온 원로들을 찾아 물었다.

물론 그렇게 단서를 조금씩 모아간다고 해서 의문에 대한 답이 착착 쌓여간 것은 아니었다. 하나의 새로운 사실을 발견했지만 다른 기억과 모순되고, 또 하나의 증언은 다른 상식과 충돌하는 일이 반복됐기 때문이다. 한국 야구사와 관련된 많은 상식과 통념들은, 전설로 구전되며 구부려지거나 부풀려지거나 곳곳에 모순과 공백을 남기며 얼기설기 쌓여왔기 때문이었다.

그래서 아예 이 문제를 학위 논문 주제로 삼아 박사 과정에 진학한 뒤로는 한국의 정치와 경제 변동을 중심축으로 삼아 사회 문화적 변화들을 추적했고, 그 배경 위에서 야구장 그라운드와 관중석에서 나타난 변화를 놓고 의미를 분석했다. 유독 사회 모든 분야에서 정치권력의 영향이 강했던 한국이었기에 각 정권이 처했던 상황과 그 안에서 택했던 정책에 주목했고, 그것이 야구 선수들의 진학과 진로, 플레이에 미치는 영향들을 더듬었다. 그리고 결정적으로 관중의 유입 정도에 따른 흐름을 따라가며 그것에 영향을 미친 요인들을 분석했다. 그렇게 거시적인 사회 변화와 야구장에서 나타난 극적인 승부들을 마주하면서 큼직한 흐름이 조금씩 눈에 들어오기 시작했고 소박하나마 맥락과 사건, 사회와 인물을 엮어 이야기를 풀어낼 준비를 할 수 있었다.

이 책은 그렇게 지난 몇 년간 더듬더듬 그려낸 한국 야구사에 관한 소박한 윤곽이다. 그래서 당연히 그 윤곽이 시작되는 지점과 끝나는 지점 역시, '한국인은 왜 야구를 좋아하게 됐는가?'라는 질문이 될 수밖에 없다. 그리고 그 질문에 답하는 과정에서 불충분하고 모순된 혹은 왜곡된 답으로 이어지게 했던 여러 통념에 의문을 제기하고, 새로운 답을 찾아간 과정이 이 책에 들어 있다.

이 책을 읽어가면서 나와 함께 야구를 보고 느끼고 즐겨온 동시대 한국 야구팬들이 그동안 품고 있던 몇 가지 의문 혹은 찜찜함이 조금이라도 해소된다면 가장 기쁜 일이겠다. 혹은 설명에서 빈틈이나 모순이 발견되어 함께 보완해가는 기회가 된다면 그것도 즐거운 일이겠다. 그래서 야구는 식민 통치의 잔재인가 혹은 정치적이나 문화적으로 미국의 영향권 안에서 발전해왔다는 증거일 뿐인가 아니면 군사 독재 정권 정략의 소산인가 등등 (우리 사회에서 야구가 성장해온 과정에 대한 전체적인 이해의 틀이 만들어지지 않은 가운데 군데군데 끼어들어온 석연치 않은) 몇 가지 불편한 의혹들에 대한 합리적 해명이 이루어진다면 야구를 즐긴다는 것이 좀 더 유쾌하고 당당한 일이 될 수도 있으리라고 생각한다.

물론 그것이 어떻게 생겨났고 어떻게 성장해서 어떻게 우리 곁에 왔든, 야구는 오늘도 치열할 것이고 즐거울 것이고 멋질 것이고 그래서 사랑스러울 것이다. 그래서 새삼 누구를 깨닫게 하자고 핏대를 세울 생각은 없다. 다만 조금 더 파고들고 조금 달리 생각하며 곱씹고 이야기 나누는 것이 야구팬의 본성이고 야구의 깊은 맛이 아니던가.

　그런 의미에서 이 책을 공 삼아 냅다 던져본다. 함께 보고 느끼고 기억하는 야구팬이라면 누구든 이 공을 받든 때리든 해주리라 믿는다.

　덧붙여 이 글이 책으로 만들어져 독자들에게 전해질 수 있게 해준 분들에게 감사의 인사를 전한다. 교열하고, 편집하고, 디자인하고, 인쇄하고, 서점에 배포해준 도서출판 글의온도 식구들 그리고 기록의 오류들을 꼼꼼하게 검토하고 수정해준 김우정 씨(그는 해방 이후 한국야구의 개척자 중 한 분이며 인천고 야구부 초대감독 김선웅 선생의 손자이기도 하다). 이분들의 도움 덕분에 그나마 책이 세상에 나올 수 있었다.

김은식

차
례

3부. 한국 야구는 언제부터 강해졌을까?

4부. 한국 프로야구는 어떻게 만들어졌을까?

5부. 한국 프로야구는 어떻게 성장해왔을까?

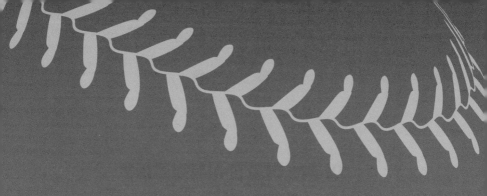

1부

한국인은 언제부터
야구를 보았을까?

야구는 어떻게 시작됐을까?

오늘날 '야구'baseball라 불리는 경기의 규칙이 처음 만들어진 곳은 미국이 분명하다. 하지만 미국에서도 야구의 확실한 기원에 대해 제대로 설명하지는 못하고 있다. 1936년 메이저리그 사무국 산하에 구성된 '베이스볼 기원 조사위원회'라는 특별 기구는, 1839년 남북 전쟁 영웅인 애브너 더블데이 장군이 사관생도 시절 동료들과 즐기기 위해 야구라는 경기의 룰을 고안했다고 결론 내리고, 그가 처음 야구를 시작했다는 쿠퍼스타운이라는 마을에 메이저리그 명예의 전당을 건립했다. 지금도 야구장조차 없는 상주인구 2,000여 명의 작은 시골 마을로 이 명예의 전당을 보기 위해 해마다 30만 명 이상의 국내외 관광객이 몰리게 된 사연이기도 하다. 하지만 훗날 그것이 숱한 오류와 조작의 산물이었음이 밝혀지며 야구사 첫 페이지에서 삭제되었고 지금은 쿠퍼스타운 명예의 전당에서도 애브너 더블데이 이야기는 '창작된 이야기'로 소개된다. 지금, 객관적 근거를 통해 확증되는 기원을 말하자면 1845년 뉴욕에 살던 의용 소방대원 알렉산더 카트라이트라는 사람이 처음 현대적인 규칙을 정리하고 그에 따른 야구 경기를 주최했다는 점 정도다.

물론 카트라이트 역시 야구를 구성하는 여러 요소를 직접 고안해냈다고 말할 수는 없다. 이미 그 이전부터 오늘날 야구와 흡사한, 누군가가 던진 공을 누군가가 방망이로 쳐내고 그것을 누군가가 잡아서 어디론가 보내기 전까지 전진하며 발로 밟은 베이스들을 통해 점수를 계산하는 놀이는 곳곳에서 성행하고 있었기 때문이다. 세상 어디나 공을 발로 차는 놀이가 있는가 하면 손으로 주고받는 놀이도 있는 법이다.

하지만 미국이 다른 나라와 달랐던 것은, 유럽 여러 나라에서 각자의 문화적 관습을 몸에 익힌 이민자들이 뒤늦게 뒤섞이고 어울려 살아가던 독특한 사회였다는 점이다. 서로 다른 규칙을 가진 사람들이 함께 공놀이를 하려면 기존 규칙들을 섞고 절충해 새 규칙을 만들어야 했고, 그렇게 만들어진 새로운 규칙들은 사회관계가 확장될 때마다 더 보편적인 방식으로 재구성되어야 했다. 알렉산더 카트라이트는, 말하자면 가장 보편적이고 가장 성공적인 규칙을 만들어내 기록에 남은 사람이라고 할 수 있다.

어쨌든 잡종 혹은 신종 공놀이는 미국의 여러 지역으로 퍼져나갔고, 그 다음에는 미국과 가까운 카리브해 연안 몇몇 섬나라로 전해졌다. 그리고 유럽 열강들에 비해 한발 늦게 배를 타고 먼바다로 나아가기 시작한 미국인들이 닿은 땅으로도 조금씩 전해졌다. 미국 해군 함선의 위압에 못 이겨 강제로 항구를 열고 외부인들과 본격적인 교류를 시작한 일본도 그렇게 야구를 받아들인 나라 중 하나였다.

미국에서 시작되고 일본으로 전해지다

일본에 야구가 전해진 것은 1873년 미국인 영어 교사를 통해서였고, 최초의 일본인 야구팀은 1878년에 결성됐으며, 1890년대부터는 야구부를 창설하는 학교들이 나타나기 시작했다. 특히 일본에서 야구가 널리 알려지는 데 가장 중요한 역할을 한 것은 도쿄의 다이이찌(第一) 고등학교였다. 당시 일본의 유일한 대학인 도쿄 대학의 예비 학교로 일본 최고의 엘리트들이 모이던 다이이찌 고교 야구부는 "무사도를 유지하고 일본 고유의 정신적 장점 발휘하기"를 목표로 삼고 정진해 일본 최강의 팀으로 군림했다. '베이스볼'baseball이라는 영어 이름을 처음 '야구'(野球)로 옮긴 주만 가나에(中馬 庚)도 다이이찌 고교 야구 선수 출신이었다는 점은 특히 그 학교가 일본 야구사에서 차지하는 의미가 어떠한지를 보여준다.

1886년 다이이찌 고교 야구부가 미국인이 이끄는 요코하마 애슬레틱 클럽Yokohama Country and Athletic Club 팀과의 경기에서 승리한 일이 일본에서 전국적으로 큰 화제가 되었다. 요코하마 애슬레틱 클럽 역시 선수 대부분은 일본인이었지만 미국으로부터 배운 미국식 경기에서 미국인이 지도하는 팀을 상대로 일본 대표 엘리트 학생들이 거둔 승리였기 때문이다. 지금도 크게 다르지는 않지만, 미국 군함의 무력 앞에 굴복해 항구를 연 일본은 미국과 활발한 교류를 이어가면서도 가슴 깊이 근본적인 열패감을 품고 있었다. 초창기 일본에서 야구는 엘리트주의와 군국주의를 상징하는 종목으로 인식되었는데, 일본을 대표하는 최고 엘리트 소년들이 무사도를 가다듬는 방편으로 미국과 맞서 싸워

이기는 모습을 과시한 다이이찌 고교를 통해서 그런 인식이 더욱 확산했다.

그런 점에서 일본인들이 맨 처음 야구에 매력을 느낀 이유는 무사들이 검을 쥐듯 타자들이 비장하게 움켜쥔 채 결정적인 한순간을 노린 배트 때문이었는지도 모

일본 야구의 전설, 사와무라 에이지(沢村栄治)
1934년 일본 순회경기에 나선 메이저리그 선발팀을 5회까지 무안타 무실점으로 묶으며 일본 열도를 열광하게 했다. 오른쪽은 포수 요시하라 마사키(吉原正喜). ⓒ Wikimedia Commons

른다. 그리고 그것은 오늘날도 일본 야구 국가대표팀 별칭이 '사무라이 재팬'이고 일본 프로야구의 대타자들에게 종종 '검객'이나 '무사'라는 별명이 붙는 것과도 연관이 있어 보인다.

일본에서 야구가 본격적으로 대중화한 또 하나의 계기는 베이브 루스와 루 게릭 등 당대 최고의 스타플레이어들이 포함된 미국 프로야구 올스타팀이 1934년에 일본 순회경기를 가진 것이었다. 그 이벤트 경기에서 미국 올스타팀에 맞선 전일본 선발팀이 비록 지긴 했지만 18세의 고교생 선발투수 사와무라 에이지(澤村 榮治)가 5회까지 노히트 노런을 기록하는 기백을 발휘해 사회적으로 큰 파장을 일으켰고, 얼마 뒤 프로야구가 창설되는 직접적인 계기가 되었다.

일본 야구와 조선 야구

요컨대 일본 야구는 1890년대 중후반 다이이찌 고교에 의해 엘리트주의와 군국주의의 상징으로 알려지기 시작했고, 1930년대 중반 사와무라 에이지의 분전(奮戰)을 계기로 민족적 자신감의 상징으로 떠오르며 대중적 관심을 얻었다. 그렇게 급격히 성장하고 확산한 일본 야구가 한국 야구의 성장에 영향을 미친 것은 분명하지만 그 범위는 제한적이었다. 일본이 조선에 야구를 전파하고 진흥하겠다는 적극적인 의지나 동기를 가진 것도 아니었기 때문이다. 한편으로는 그 시점에 한국 야구 역시 이미 자생적으로 성장하고 있었다.

　야구는 일본이 한국보다 30년쯤 먼저 시작했을 뿐 아니라, 초창기부터 민족적·인종적 자존심이라는 대중적 정서와 결부되어 있었다. 따라서 그만큼 기술적인 면뿐만 아니라 사회적인 영향력 면에서도 한국보다 훨씬 앞선 것은 분명했다. 하지만 최소한 1930년대 중반 이전까지 그 차이는 크지 않았다. 예컨대 일본에서 전국 대회가 열리기 시작된 1915년으로부터 5년 뒤인 1920년에 조선에서도 전국야구대회가 개최되기 시작했으며, 일본 야구 대중화의 기점으로 꼽히는 1934년 미국 프로야구 올스타팀과의 경기에 나선 전 일본 선발팀에는 이미 조선에서 홈런왕으로 유명했던 해방 이전 한국 야구의 최고 스타플레이어 이영민이 포함되어 있기도 했다. 반면 일본의 유력 팀이 야구 기술이나 문화 교류를 목적으로 조선 방문 경기를 벌인 예는 드물었다. 게이오, 릿쿄, 도쿄 등 '도쿄 여섯 대학 리그'의 유명 대학팀들이 방문 경기를 치른 적이 있긴 했지만, 대부분은 일본인 단체 주최로 방한해 철도국, 경성의전 등의 일본인 팀들과 대결하는 경우였다.

한국에서는 언제부터
야구가 시작됐을까?

그렇다면 한반도에서 야구는 어떻게 시작되었을까? 오늘날 공인된 역사 서술에서 한국 야구의 출발점으로 인정하는 때는 미국인 선교사 질레트의 지도로 '황성YMCA야구단'이 창단한 1904년이다. 하지만 기록으로 확인되는 한반도 최초의 야구 시합은 1896년으로 거슬러 올라간다.

한 해 전인 1895년 일본인들에 의해 왕궁이 침탈당하고 왕비가 무참하게 살해당하는 참변(을미사변)을 겪은 고종은 일단 러시아 공사관으로 피신한 뒤 서양 열강들의 힘을 빌려 일본의 영향력을 밀어내려 했다. 역사에 '아관파천'으로 기록된 사건이다. 그 과정에서 일본과 밀착되어 있던 정치인들을 내치고 러시아와 미국을 비롯한 서구 열강과의 대화 통로를 갖고 있던 이들을 적극 등용하려는 움직임이 나타났다. 그런 흐름 속에서 서재필을 비롯해 미국으로 망명했던 인사들이 급히 귀국해 나름의 정치 세력화를 꾀하기도 했다. 그리고 같은 맥락에서 그 무렵 서울에 거주하는 미국인과 러시아인들의 수도 제법 늘게 되었다.

1896년 봄에 서대문 밖 모화관 터, 그러니까 지금 독립문이 서 있는 자리 근처에서 미국인들이 한반도 최초로 야구 경기를 벌였던 사건의 배경에는 그렇게 격동하던 조선의 정세가 있었다. 원래 중국에서 온 사신을 모시던 중요한 외교 시설인 모화관(慕華館)은 한 해 전인 1895년에 벌어진 청일전쟁에서 청나라가 패퇴한 직후 폐쇄되어 있었고, 그 앞으로는 이제 아무도 찾지 않게 된 널찍한 공터가 있었다.

마침 그곳은 서울 정동에 있던 미국 공사관에서 불과 1km 정도밖에 떨어져 있지 않아 충분히 걸어서 왕래가 가능한 거리였다. 1883년 〈조미 수호 통상 조약〉을 맺은 직후 파견된 미국 공사가 당대의 세도가 민영익의 기와집을 사서 미국 공사관 간판을 내걸었고, 이후 영국과 러시아도 근처에 공사관을 짓고 들어왔으며, 얼마 뒤에는 프랑스와 독일, 이탈리아도 거기서 멀지 않은 곳으로 공사관을 옮겨 오면서 정동은 열강 외교의 중심지이자 외국인의 집단 거주지로 자리 잡았다. 그런 몇 가지 요인이 겹쳐 미국 공사관 안팎을 중심으로, 그 일대에서 거주하거나 일하던 미국인들이 휴일에 모여 야구 시합을 즐기기에 안성맞춤인 장소가 바로 모화관이었다.

한국 최초의 야구장, 독립문

토요일이었던 1896년 4월 25일 오후 2시 30분, 서울에 거주하던 미국인들이 군인 팀과 민간인 팀으로 나뉘어 야구 시합을 벌였다는 사실은 같은 달 7일에 창간된 독립신문 영문판인 〈더 인디펜던트The independent〉 4월 28일 자에 실려 있다. 그 신문의 발행인은 서재필이었고, 영문판 편집인은 대한제국 교육 고문을 지내기도 한 선교사 호머 헐버트 박사였다. 그 기사에 따르면 그 경기에서 21대 20으로 군인 팀이 승리했으며, 여성을 포함한 꽤 많은 관중이 지켜보았고, 마침 주변을 지나던 몇몇 조선인도 호기심 어린 시선으로 경기를 관전했다고 한다. 승리한 군인 팀 선수가 "경기가 끝난 뒤 훌륭한 식사를 마련해준 여성 관객들에 대한 특별한 감사의 뜻을 독립신문 지면을 통해 전한다"라는 소감을 남긴 인터뷰 내용도 함께 실려 있었다.

그렇게 한반도 최초

독립협회에서 간행한 독립신문의 영자판인 〈더 인디펜던트〉. 1896년 4월 28일 자에는 사흘 전 모화관 터에서 벌어진 미국 민간인과 군인 사이의 야구 경기에 관한 기사가 실려 있다.

의 야구 경기는 여러모로 성공적이었던 것으로 보인다. 멀고 낯선 아시아 한구석의 나라에서 오랜만에 야구 맛을 본 미국인들은 그다음 주에 2차전을 가졌고, 또 그다음 주에는 미국인들이 한 팀을 이루고 영국인 팀과 맞붙는, 나름의 국가 대항전을 열기도 했던 것을 보면 말이다.

하지만 한반도 최초의 야구장이라고 할 수 있는 모화관 앞 터에서 야구 경기가 열린 것은 그 한 번뿐이었다. 5월 2일에 열린 미국 해병대와 민간인 사이의 2차전부터는 무대가 동대문의 훈련원으로 바뀌었기 때문이다.

모화관에서 첫 번째 경기가 열린 다음 주 토요일 5월 2일에는 미국 해병대 팀과 민간인 팀의 2차전이 훈련원에서 열렸고, 이번에도 해병대 팀이 17대 11로 승리했다. 그리고 그다음 주말인 5월 9일에는 역시 훈련원에서 미국인 팀과 영국인 팀이 맞대결해 23대 19로 미국인 팀이 승리했다. 야구장은 모화관 앞 공터에서 훈련원으로 옮겨졌고, 토요일마다 야구 경기가 열리다시피 했다.

독립문에서 동대문으로

모화관 앞에서 훈련원으로 시합 장소를 옮긴 이유를 분명하게 설명한 기록은 없다. 하지만 아마도 애초에 어떤 활동을 위해 조성된 장소가 아니라 그냥 버려져 있던 '공터'인 모화관 앞터는 평탄화 작업이 이루어지지 않았을 것이고, 따라서 굴곡이 심하고 자갈도 많이 박혀 있었을 것이다. 특히 아직 '데드볼'Dead-Ball의 시대라고 불리던 그 무렵의 야구는 지금과 달리 멀리 뻗어 나가기 어려운 무른 공을 사용했기 때문에 주로 내야 언저리에서 바운드 된 공을 처리하는 기술을 겨루었을 텐데, 모화관 앞터는 무수한 불규칙바운드를 만들어내며 어이없는 실책과 부상을 냈으리라 짐작할 수 있다.

반면 동대문 앞의 훈련원은, 비록 스포츠 경기를 위한 공간은 아니었더라도 오랜 세월 군사 훈련장으로 다듬어지고 다져진 곳이었기에 그런 면에서 확연한 장점이 있었을 뿐 아니라, 넓이와 규격 면에서도 모화관보다는 훨씬 만족스러웠을 것이 분명하다.

훈련원(訓鍊院)은 조선 시대에 무신을 뽑고 훈련하는 기능을 담당하던 부대였다. 그래서 무과시험이 열리거나 새로운 진법이나 전술을 시험하던 곳도 훈련원이었다. 대한제국에서도 훈련원 편제는 유지됐는데 훗날 1907년에 정미칠조약이 강제로 체결된 이후 일본에 의해 대한제국의 군대가 강제로 해산될 때까지 남아 있던 마지막 부대이기도 했다. 러일전쟁 이후 조선에 대한 일본의 영향력이 점점 강해지면서 지방부터 군사 조직들이 하나씩 거세되는 동안에도 그렇게 끝까지 유지되었던 것은 훈련원이 황실 직속의 정예 병력이었기 때문이다.

그런 중요한 군부대의 연병장에서 야구 경기를 한다는 것이 아무에게나 허용되는 일은 아니었을 것이다. 하지만 고종황제가 일본의 위협을 피해 러시아 공사관으로 피신해야 했

도대체 우리는 왜 야구를 보는가?

던 때인 만큼 미국이나 영국 같은 서양 열강에 대한 의존은 강할 수밖에 없었고, 또 을미사변 당시 왕궁 수호 임무를 완수하지 못했을 뿐 아니라 오히려 일본 측에 협조해 자객들에게 길을 열어주었다는 의혹까지 받고 있던 훈련원은 그 활동이 극히 위축되어 있었다. 미국과 영국의 군인과 민간인이 훈련원에서 주말을 이용해 야구 경기를 하는 것 정도는 별문제가 될 수 없는 상황이었던 것이다. 그로부터 몇 해 뒤에는 YMCA야구단을 필두로 몇몇 학생팀이 역시 훈련원에서 야구 경기를 갖기도 하는데, 그것 역시 질레트라는 미국인 선교사가 주도했다는 점 외에 애초에 미국인과 영국인들이 미리 '길을 잘 닦아 놓은' 덕을 빼고 생각하기는 어려운 일이었다.

1896년 봄 모화관 앞 공터에서 있었던 일에 굳이 큰 의미를 부여할 필요는 없을지 모른다. 그저 미국인들의 놀이였고, 한국인들이 참가하거나 초대되지도 않았으며, 한국인과의 관계를 고려한 행사도 아니었다. 하지만 한국 땅에서 벌어진 첫 번째 야구 경기였고, 적지 않은 한국인이 그것을 지켜보기도 했다. 그런 점에서 본격적인 이야기로 들어가기 전에 '한국 야구사'의 전사(前史)로 잠깐 짚고 넘어갈 정도의 가치는 있다고 본다.

한국인 최초의 야구 선수, 서재필

훈련원에서의 야구 경기 중에 특히 주목해야 할 것은 1896년

6월 23일의 경기다. 그날도 경기는 미국 해병대 팀 대 민간인 팀의 대결로 진행되었는데, 민간인 팀의 중견수이자 6번 타자로 출전한 '제이손'Jaisohn이라는 인물이 있었다. 그는 갑신정변이 실패했을 때 일본을 거쳐 미국으로 망명했다가 돌아온 서재필이었다. 물론 당시 국적이 미국이었고 미국인들의 경기에 홀로 끼어있었던 것이긴 했지만, 어쨌든 기록을 통해 "한반도에서 야구를 한 한국인"으로 확인되는 최초 인물이 등장했다는 점에서 기억할 만한 이유가 된다.

서재필은 이틀 뒤인 6월 25일, 자신이 발행하던 독립신문 지면에서 특히 그날의 경기 결과를 자세히 소개했다. 미 해병대 팀의 22대 16 승리였고 양 팀 모두 잘 싸웠으며 매우 흥미진진한 경기였다는 이야기까지는 독특한 부분이 없었다. 하지만 양 팀 선수들 모두의 개인 득점까지 일일이 소개한 것이 이례적이었다. 당시에는 단지 누가 이겼느냐 외에도 몇 점 차 승리였느냐를 중요하게 여기는 분위기가 있었고, 개인 기록 중에는 타점보다 득점을 오히려 중요하게 생각했다는 점이 오늘날과는 달랐다.

독립신문이 그날 경기의 개인 기록까지 자세하게 소개한 이유는 아마도 서재필 자신이 2득점을 기록했다는 점과 아주 무관하지는 않았을 듯하다. 16점을 뽑아낸 민간인 팀 9명의 라인업 일원으로 2점을 냈다면 분명 '한몫 이상'을 감당했다고 해도 과언은 아니기 때문이다.

그날 서재필이 구체적으로 안타 몇 개를 치고 어떤 주루와 수비를 했는지는 알 수 없다. 하지만 그가 그저 '한국인 겸 미국인'이자 경기를 취재한 유일한 언론사의 발행인이라는 특수한 지위에 힘입어 그저 출전 명단에 이름이나 올리는 정도를 넘어서서 제대로 한몫하는 야구 실력을 갖고 있었다는 점은 충분히 확인되는 셈이다.

그날의 경기 이후로 독립신문(1896~1899) 지면에서 야구 경기에 관한 소식은 더 이상 찾아볼 수 없다. 그 이유는 몇 가지로 추측해볼 수 있다. 우선 특별한 관점 없이 다양한 소식을 기사화하던 창간 초기와 달리, 독립협회가 설립된 1896년 7월 이후에는 독립협회의 사업과 철학에 대한 홍보와 대중계몽에 적극적으로 지면을 할애할 필요성이 커졌을 것이다. 독립공원이나 독립문 건설에 관한 홍보와 후원 모집 기사들이 늘었고, 또한 정치 이슈에 관한 비판적인 논조들이 가미되면서 한가하게 야구 소식이나 전할 만큼 지면이 넉넉하지 않게 됐기 때문이다.

스포츠에 대한 이해가 척박했던 당시, 신문에서 스포츠 소식을 다루는 것에 비판적인 의견들이 많았다는 설명도 있다. 하지만 꼭 그것 때문이라고 하기 어려운 것은, 이듬해 1897년 5월에도 크리켓이나 사이클 경기에 대한 소식이 실린 적이 있기 때문이다.

그래서 달리 생각해보면 아마도 날씨가 한창 더워지기 시작한 1896년 7월 이후로 정기 야구 경기가 일단 중단되었고, 그 뒤로는 이런저런 정치적이고 외교적인 상황들 때문에 다시 야구 경기가 열리지 못한 것이 아닌가 싶기도 하다. 실제로 야구란 적어도 양 팀 합해 20명 이상의 선수들이 구성되어야 하고, 간단치 않은 장비들까지 갖추어야 해서 아무런 기반이 없는 아시아의 이국땅에서 한 번 흩어진 팀을 모아 다시 경기를 성사하기 쉽지 않았을 것이다.

그 외에도 '한반도에서의 야구'로 범위를 확장할 때 발견되는 흔적들이 간혹 있다. 1899년에 인천영어야학교 1학년에 다니던 후지야마 후지사와(藤山 藤芳)라는 일본인 학생이 일기장에 "베이스볼이라는 서양식 공치기를 했다"라는 기록을 남긴 것이 전해져 오는 것도 한 예다. 한국인에게 '공식적'으로 야구가 전수된 것은 1904년이 처음일 가능성이 크지만, 그전에도 거의 개항 직후부터 서울과 인천 곳곳에서 머물던 미국인 혹은 일본인 사이에 야구 경기가 벌어지고 있었음을 알 수 있는 대목이다.

국내라고는 하지만 일종의 치외 법권 지역이었던 개항장에서, 외국인 사이에서 벌어진 일이 우리 역사 기록에서 어떤 의미가 있는가에 대해서는 이견이 있을 수 있다. 하지만 외국인들이 공터에서 하얀 공을 던지고, 치고, 받고, 달리는 낯선 놀이를 즐길 때마다 주변에 옹기종기 모여들어 호기심 가득한 눈빛으로 구경했을 꼬마 아이들을 한번 상상해보자. 어떤 구석에서는 자치기 같기도 하고, 어떤 면에서는 술래잡기를 닮았고, 또 어떤 점에서는 제기차기를 연상하게 하는 그 신기한 광경을 어떻게 이해하고 상상하고 동경했을지…. 문화란 원래

개회사 읽고 축포 울리며 전해지고 시작되는 것이 아니라 그렇게 가랑비에 옷깃 적시듯 스며들어오는 것이며, 비루하고 측은하나마 한국 야구의 시작 역시 그랬다.

한국인은 언제부터 야구를 했을까?

한반도에서 다시 한번 야구 바람이 일어난 것은 그로부터 십여 년이 흐른 뒤였다. 그리고 이번에 공을 던지고 방망이를 휘두르는 사람들은 미국인이 아니라 한국인들이었다.

한국의 근대 스포츠 발전에 가장 큰 역할을 한 단체를 꼽는다면, 대한체육회나 올림픽위원회보다도 YMCA가 앞에 놓여야 할지도 모른다. 야구, 농구, 배구, 수영, 권투, 스케이트 등 수많은 근대 스포츠 종목을 한국에 처음 전했을 뿐 아니라 애초에 농구, 배구, 피구라는 종목 자체를 처음 만들어낸 것도 YMCA이기 때문이다.

19세기 중반 영국에서 만들어진 복음주의 기독교 청년 단체인 YMCA는 산업 혁명과 전쟁을 겪으며 황폐해지고 혼란에 빠져있던 청년들의 구원을 위해 다양한 체육 활동과 사회 구제 활동, 선교 활동을 전개하며 빠르게 무대를 넓혀갔다. 그리고 50여 년이 흐른 20세기 초에는 동방의 가장 먼 땅에 있는 작고 가난한 나라 조선에도 지부를 열었다. 1901년 북미 YMCA 국제위원회는 필립 질레트 목사를 '창설 간사'로 임명해 조선으로 파견했고, 그는 배재 학당 학생들을 중심으로 청년 37명(정회원 28명, 준회원 9명)을 모아 1903년 10월 28일 '황성 기독교청년회YMCA 창립총회'를 열었다.

황성YMCA가 가장 먼저 자리를 잡은 곳은 인사동 골목길의 널찍한 기와집이었는데, 훗날 요릿집 '태화관'이 되어 3·1 독립선언 낭독 장소가 되는 그곳이었다. 하지만 37명으로 시작한 회원 수가 불과 5년 만에 1,200여 명에 이를 만큼 빠르게 성장하면서, 그곳은 너무 비좁아졌다. 다행인 것은 회원 수가 늘어난 만큼 회비와 후원을 통한 수입 규모도 커졌다는 점이었다. YMCA는 얼마 뒤 종로2가 대로변에 3층짜리 회관 건물을 지을 수 있었다.

YMCA가 그렇게 빠르게 창설하고 안정화하고 성장해갈 수 있었던 데는 몇 가지 이유가 있었다. 우선 길게는 십수 년 전부터 조선에 들어와 활동하며 교회나 학교 또는 정관계로까지 영향력을 가지고 있던 기독교 선교사들이 적극적으로 후원해준 덕분이었다. 대표적인 것이 호머 헐버트였다. 교육자이자 선교사였으며, 조선인들 편에서 조선의 자주독립을 지지하고 후원한 그는 1886년부터 조선의 젊은이들에게 영어를 가르치며 선교 활동을 병행해왔고, 서재필이 발간하던 독립신문의 영문판 편집인을 맡기도 했다. 그리고 훗날엔 헤이그에 밀사를 보내는 일을 돕고 조선의 독립 유지를 도와달라는 고종의 친서를 미국 대통령에게 전달하려고 시도하는 등 일본의 식민 지배를 저지하기 위해 다양한 활동을 펼친 인물이기도 했다. 1903년 당시에 그는 대한제국에서 교육 고문을 맡고 있었는데, 그 권한을 활용하여 YMCA 창설을 위한 사전 준비 작업을 주도했을 뿐 아니라 직접 부회장까지 맡아 YMCA 교육 사업에 황실의 재정 지원이 이루어질 수 있도록 주선하기까지 했다.

그 외에도 아펜젤러, 언더우드, 스크랜튼 등 일찍부터 조선에 들어와서 활동하며 나름대로 기반과 영향력을 가지고 있던 많은 선교사가 YMCA를 후원했고 지도를 받고 있거나 교회에서 만나는 많은 청년을 YMCA 회원으로 보내주었다. 선교사들 역시 개별 교회나 학교 단위 선교 활동에서 느끼는 한계를 극복하기 위해 YMCA 같은 청년 단체가 필요하다고 생각하고 있었기 때문이다.

하지만 더 중요한 것은 이미 한국의 청년들이 새로운 조직을 원하고 있었고, 그래서 세계 기독교계를 향해 YMCA 한국 지부 설립을 먼저 요청하고 있었다는 점이다. 1898년에 수구파 정치인들의 공격을 받고 독립협회가 해산하자 개화를 지향하던 조선의 젊은 지식인들은 보다 안전한 국제 조직을 통한 보호를 받기 위해 선교사들에게 YMCA 같은 세계적인 기독교 단체의 한국 지부 설립을 도와달라고 부탁했고, 실제로 창설이 이루어지자 윤치호, 김규식, 이상재 등 독립협회에서 지도적인 역할을 하던 주요 인사들이 대거 YMCA에 가입해 임원으로 활동하기 시작했다. 서구식 개혁을 추구하던 당대의 많은 젊은이는 YMCA를 독립협회의 후신으로 인식하곤 했다.

YMCA, 독립협회의 빈자리를 채우다

그렇게 만들어진 황성YMCA의 초대 총무 필립 질레트 목사가 정확히 언제부터 조선 청년들에게 '베이스볼'이라는 미국식 공놀이를 가르치기 시작했는지는 알 수 없다. 다만 1904년에 이미 글러브와 배트, 포수 안전 장비 등 야구용품을 갖춘 야구팀을 구성했다는 사실로 미루어보면 실제로 야구가 한국인에게 전수되기 시작한 시점은 YMCA 창설을 준비하던 무렵으로 좀 더 거슬러 올라가야 하지 않을까 싶다. 학생 시절 야구 선수로 활약하기도 했던 질레트 목사는 시간이 날 때마다 캐치볼을 즐겼을 가능성이 크고, 그의 상대가 미국인일 수도 있었겠지만 때로는 조선인 청년이었을 가능성 또한 크기 때문이다. 그러다가 YMCA 창설 작업이 일단락된 후 특정 시기에 체계적인 야구 교습이 시작되었고, 그 결실이 1904년에 드러났다고 보는 것이 옳다.

어쨌든 YMCA 임시 회의소가 있던 인사동 골목은 한국인

들이 최초로 캐치볼을 시작한 장소였을 것이다. 하지만 1908
년 새 회관이 완공된 뒤에는 굳이 주택가 좁은 골목에서 캐치
볼을 할 필요가 없었다. 600여 평 부지에 벽돌로 지은 3층 양
옥이었던 새 회관은 당시 덕수궁과 명동 성당을 제외하면 서
울에서 가장 규모가 컸다고 할 정도로 거창했다.

　1층에는 목공실과 철공실, 교실 외에도 수익 사업을 위한
여러 개의 점포, 식당, 목욕탕이 마련되어 있었고 3층에는 교
실과 교직원실이 있었으며, 특히 2층에는 사무실과 친교실 외
에 400명의 관객을 모시고 음악회를 열 수 있는 널찍한 강당
과 체육실이 있어 날씨와 계절에 관계없이 다양한 체육 활동
을 할 수 있었다. 이 땅에 체육관이 만들어진 것은 그때가 처
음이었는데, 농구와 배구 같은 실내 스포츠의 역사가 그곳에
서 시작된 것은 물론이고, 야구 팀원들이 간단한 캐치볼 정도
를 하는 데도 문제는 없었다.

　물론 그렇게 갈고 닦은 기술을 수많은 관중 앞에서 뽐냈던
경기장은 역시 동대문의 훈련원이었다. 한발 앞서 그곳에서
야구를 했던 미국인 선교사들의 귀띔이 있었는지는 모르겠지
만, 당시에 야구 경기를 하기에 그보다 적합한 곳을 찾기는 어
려웠을 것이다.

　1906년 3월 15일 황성YMCA 야구팀이 한발 늦게 야구를
시작한 덕어(德語, 독일어)학교와 한국 최초로 역사적인 야구 경
기를 한 곳 역시 훈련원이었다. 하지만 그 경기에서 주변 예상
을 깨고 YMCA팀은 3점 차로 패했는데, 현대 야구의 가장 유

력한 창시자로 전해지는 알렉산더 카트라이트가 조직한 세계 최초의 야구팀 〈뉴욕 니커보커스〉가 역사적인 세계 최초의 야구 경기에서 후발 주자 〈뉴욕 나인〉에게 23대 1로 졌던 사건의 한국판 재현인 셈이었다. 하지만 니커보커스에 비하면 황성YMCA의 패전에는 좀 더 납득할 만한 이유가 있었다. 정규교육 기관이었던 덕어학교는 선수들 연령대가 10대 후반으로 균일했던 반면 '청년 단체'라는 애매한 정체성이 있던 YMCA는 구성이 10대 초반에서 20대 중반까지 들쭉날쭉했기 때문이었다. 어쨌든 '최초 야구팀'으로서 체면을 구긴 YMCA는 이틀 뒤 재도전을 감행했지만 역시 2점 차로 패퇴했다는 안타까운 기록이 남아 있다.

한국 야구는
식민지 시대의 유산일까?

1910년, 국권이 일본에 넘어간 뒤로 한반도에서 벌어지는 모든 일은 일본의 영향력을 벗어날 수 없게 됐다. 야구 역시 마찬가지였다. 특히 1910년대 중반 이후 일본인의 한반도 이주가 본격화되면서 일본의 문화적 영향력은 점점 더 강해졌다. 그 와중에 급격히 늘어난 일본인 학교들 상당수가 야구부를 운영하기 시작한 것도 한국 야구에 상당한 영향을 미쳤다.

물론 일본이 조선인 학교에까지 야구부를 창설하도록 장려한 것은 아니었다. 다만 빠르게 체계화된 일본 학원 야구 질서에 따라 조선 내 일본인 학교에서 야구부 활동이 활성화되었고, 그 안에서 소수의 조선인 선수들이 함께 성장했으며, 일본 유학 중에 야구를 배운 지도자들이 양성한 조선인 학생 선수들이 인근 일본인 학교 야구부와 종종 겨루면서 성장과 변화들이 늘어났다.

초창기 한국 야구가 학교를 근거로 성장했다는 점에는 중요한 의미가 있다. 야구 발전에 있어 '지속 가능한 야구팀'의 중요성이 매우 크기 때문이다. 각자의 기능을 전문화한 선수들이 지속해서 연습하고 기술을 축적해 전수하면서 하나의 팀으로 성장할 뿐 아니라, 그런 팀들끼리 계속 대전하며 라이벌 관계를 형성해 파급을 이룰 수도 있기 때문이다.

야구는 마운드와 베이스 등 다른 종목과 공유할 수 없는 배타적인 시설을 갖춘 전용 경기장을 요구한다. 그리고 포수 보호 장비와 글러브, 배트, 공 등 여러 특수하고 값비싼 전용 장비가 필요하다. 게다가 기능별로 다양하게 분화되어 경기에 임하는 야구는, 정확한 규정 인원을 맞추지 못하더라도 6대 6, 4대 4 등 양 팀 인원만 같게 하면 어떤 형태든 경기를 진행할 수 있는 축구와는 달리 양 팀을 합해 최소한 18명 이상의 선수가 모여야만 경기가 성립된다. 따라서 학교에서 운영하는 야구부에 속하지 않는 한 야구를 직접 경험하기란 꽤 어려웠다. 게다가 야구는 규칙이 생소하고 복잡해 관람하며 즐기기 위해서라도 일정한 학습과 적응 과정이 필요하다. 따라서 야구가 '취미'가 아닌 '학습' 대상으로 학교에서 자리 잡기 시작한 것은 발전에 있어 유리하게 작용한 면이 있었다.

특히 사회 경제적 여건이 갖추어지지 않았고 대중의 관심도 부족해 프로야구팀이나 실업야구팀 같은 전문 팀이 만들어지기 어려웠던 식민지 시대에 학교 야구부는 지속해서 운영되는 유일한 형태의 팀이었다. 그래서 일본이 한국 야구에 미친 가장 중요한 영향을 꼽는다면 우회적이고 간접적이나마 여러 학교에서 야구부를 창설하는 계기를 제공했다는 부분이라고 할 수 있다.

일본의 영향, 학교 중심의 야구

한국에서 가장 먼저 야구를 시작한 학교는 오늘날 경기고등학교의 전신인 관립중학교였다. 1903년 그곳에 부임한 일본인 교사 다카하시 토오루(高橋 亨)가 1905년 무렵부터 학생들에게 야구를 가르친 것이 한국 학원 야구의 출발점이었다. 그 뒤를 이어 덕어학교, 영어학교와 같은 국립 외국어 학교들에서 야구 수업이 열렸고 일시적으로나마 팀을 이루어 YMCA야구단과 대결하기도 했지만, 팀들이 지속되지는 못했다. 당시의 야구 교육이 체계적·기술적이지 못하고 단지 교사들 개인이 취미 수준으로 즐기던 '서양 문물'을 단편적으로 소개한 정도였기 때문이다.

예컨대 관립중학교에서 가장 먼저 야구를 가르친 일본인 교사 다카하시 토오루만 하더라도 훗날 경성제국대학 철학과 교수로 자리를 옮겨 사상사 분야에서 많은 업적을 남긴 인물로서 도쿄제국대학에 다니던 시절, 취미 수준에서 야구를 접

한국 최초의 야구 경기 모습 『동아일보』 1930년 4월 2일 자에 게재된 기독청년단과 한성중학의 경기. 현재까지 확인되는 한국 최초의 야구 경기 모습이다. 경기 일자는 1910년 2월 16일로 추정된다. 타자는 한성중학의 이영복, 포수는 기독청년회의 허성이며, 심판은 한성중학의 일본인 교사 타카하시 토오루였는데, 훗날 경성제국대학 교수로 한국 문학과 철학사 분야에 선구적인 업적을 남기기도 했다. ⓒ 동아일보

한 적이 있었을 뿐 전문적인 기술을 수련한 이가 아니었다. 물론 체육 교사도 아니었다.

따라서 안정적이고 지속해서 야구팀을 운영한 우리나라 최초의 학교는 휘문의숙(徽文義塾)이라고 할 수 있다. YMCA와 외국어 학교들의 야구 활동을 지켜보며 야구를 통해 교육적 효과뿐만 아니라 학교의 명예도 높일 수 있음을 발견한 휘문의숙은 1907년에 야구부를 창단했고, '타도 YMCA'를 목표로 삼고 정진하며 도전을 거듭해 비원의 1승을 거두었다. 그 1승을 놓고 우리나라 최초의 야구사 서술이라고 할 수 있는, 동아일

보 이길용 기자의 기획 기사 '조선야구사'(1930년 4월부터 11월까지 모두 14회에 걸쳐 연재)에서는 이렇게 설명하고 있다.

휘문의숙이 팀을 조직하여 청년회군YMCA에 게임을 걸어 싸움 족족 패하여 가면서도 줄기차게 덤벼들었다. 이러고 보니까 청년회군은 … (중략) … 지면서도 자꾸 덤비는 휘문군을 업신여긴 감이 없지 않던 터에 한 번은 휘문군에게 패하여 큰코다친 일이 있다. 당시 『황성신문』에는 '휘승청패'(徽勝靑敗)라고, 지금 몇 호 활자에 해당하는지는 모르겠으나 어쨌든 넉 자 제목 아래 간단히 상승(常勝)을 뽐내던 청년회군이 패전한 것을 보도하였으니 이것이 조선에서 신문에 기록이라고 할는지 경과라고 할는지 하여튼 운동에 관한 기사를 게재하기는 최초의 일이었다.[1]

---

1. 『동아일보』 1930년 4월 3일 자. 이 기사에 근거해 오늘날 '한국사 최초의 스포츠 관련 보도는 휘승청패'라는 서술이 정설처럼 알려졌지만 오류일 가능성이 크다. 나름의 조사와 추론을 더해 휘문이 YMCA에 첫 승을 거둔 해가 1907년이라는 설, 1909년이라는 설, 1911년이라는 설 등이 각각 유포되어 있고, 특히 휘문고등학교 홈페이지나 한국야구위원회·야구협회의 《한국야구사》, 한국역사연구회 웹진 등에서는 그것이 1911년 11월 7일에 거둔 승리였고 이튿날 『황성신문』에 보도되었다고 구체적으로 소개하고 있다. 하지만 『황성신문』과 『매일신보』, 『신한민보』 등 당시의 어떤 신문에서도 '휘승청패'(徽勝靑敗)라는 제목의 기사는 찾아볼 수 없으며, 『황성신문』은 이미 1910년 9월에 종간(終刊)되었다. 이길용 기자 본인도 '몇 호인지는 모르겠으나'라고 덧붙였듯 정확한 기억은 아니었으며 혼동이 있었던 것으로 보인다. '한국 언론사(史) 최초의 스포츠 보도'라는 설명 역시 사실과 다르다. 1896년에 이미 독립신문 영문판이 야구 외에도 테니스, 사이클, 크리켓 등에 관한 보도를 했기 때문이다.

기사 내용이 모두 정확한 사실에 부합하는 것은 아니지만 휘문의숙이 야구를 통해 '조선 최강'의 영예를 얻기 위해 상당한 노력을 기울이고 결국 성공함으로써 당시 지식인들에게 주목받았다는 점만은 사실이었던 것으로 보인다. 그리고 휘문의숙이 결국 조선 최초이자 최강의 야구팀 YMCA를 꺾고 이름을 날리는 성공을 거둔 뒤 1911년에는 경신학교, 중앙학교, 배재학당, 보성학교, 오성학교 등이 줄줄이 야구부를 창단했고, 다시 한두 해 간격을 두고 광명의숙, 광성의숙, 양정의숙, 오산학교, 대성학교 등도 야구부의 문을 열었다. 그리고 비슷한 시기에 지방에서도 평양의 숭실학교, 대구의 계성학교, 부산의 개성학교와 부산중학 등이 야구부를 창단하면서 학생 야구의 시대가 열렸다.

1920년에 창립된 조선체육회가 첫 사업으로 개최한 대회가 '전(全) 조선야구대회'였던 것은 조선체육회 임원들 다수가 학생 시절 야구 선수로 활동했던 경험이 있었기 때문이기도 했지만, 당시 대회에 곧바로 참가할 수 있을 정도로 준비된 팀들이 여럿 운영되던 종목이 야구뿐이었다는 사정과도 관련이 있었다.

그해 11월 4일부터 6일까지 배재고보 운동장에서 열린 '제1회 전 조선야구대회'는 개최 학교인 배재고보를 비롯해 경신학교, 보성고보, 중앙고보, 휘문고보 등 5개 학교 팀이 출전했고, 각축을 벌인 끝에 홈그라운드의 이점을 살린 배재고보가 첫 우승의 영광을 차지했다. 야구 한 종목으로 시작한 그 대회는 점차 종목을 늘려가며 종합 체육 대회로 발전해 오늘날 전국체육대회(전국체전)로 이어졌으며, 1920년은 전국체전 제1회 대회가 열린 해로 인정되고 있다. 그 대회는 우리나라에서 최초로 관객들에게 입장료를 받은 유료 스포츠 대회였는데, 당시 성인은 10전, 소인은 5전을 내고 관중석에 입장했다.

고시엔의 조선 소년들

1920년대 중반 이후에는 더 많은 학교에서 야구부를 만들었다. 전 조선야구대회가 꾸준히 개최된 것도 이유였지만, 일본에 전국야구대회 체제가 확립되면서 조선 지역 학교들에 출전권이 주어지게 된 것도 영향을 미쳤다.

일본은 1915년에 아사히신문사 주최로 '전국 중등학교 우승야구대회'를 창설했다. 토너먼트를 통해 지역별 예선과 본선을 치르며 전국 최고의 중등학교(오늘날의 고등학교) 야구팀을 가리는 대회였는데, 특히 1924년부터는 새로 지어진 고시엔(甲子園) 야구장에서 본선을 치르면서 '고시엔 대회'라는 애칭으로 더 널리 불렸다. 고시엔 야구장은 공교롭게도 십간(干)과 십이지(支)의 첫 글자가 모인 갑자(甲子)년 1924년에 완공되었기에 붙은 이름이다. 특히 1932년에 '야구 통제령'이 내려지면서 여름에 열리는 '우승야구대회'와 봄에 열리는 '선발야구대회'를 제외한 모든 전국야구대회가 폐지된 이후로는 지금까지 일본의 '유이한' 전국 고교야구대회라고 할 수 있다.

그리고 두 대회 모두 고시엔 구장에서 본선을 치르면서 각각 '여름 고시엔'과 '봄 고시엔'으로 불리는데, 그중에서도 더 높은 권위를 인정받는 것은 전국 모든 학교에 출전 자격이 주어지는 여름 고시엔이다. 오늘날 '여름 고시엔' 대회는 해마다 3,000개 이상의 팀이 참가하는 단일 종목 아마추어 스포츠 대회로는 세계 최대 규모로서, 일본의 고교 야구 선수들은 그 대회 본선에 진출해 고시엔 구장의 흙을 밟는 것을 최고 영광으로 생각한다. 본선 진행 중에 패배해 탈락이 확정되면 경기장을 떠나기 전 그라운드의 흙을 주머니에 담아가서 집에 모셔 두려는 선수들로 인해 해마다 2톤 이상의 화산흙을 다시 실어다 보충해야 할 정도로 명예와 권위를 인정받고 있다.

그 대회가 2회째를 맞던 1916년에 중앙YMCA야구단[2]이 조선 대표로 출전을 희망한다는 뜻을 전달했지만 조선총독부 학무국에 의해 '한반도의 야구는 과도기에 있다'라는 이유로 거부당한 일도 있었다. 하지만 식민지 이주 일본인과 그 자녀들이 계속 늘면서 상황이 바뀌어 7회 대회가 열린 1921년부터는 조선과 만주 지역 학교들도 자체 예선을 통해 출전할 수 있도록 허용하기 시작했다.

그렇게 문호가 개방된 뒤에도 조선 지역 대표로 본선에 출전하는 것은 대부분 일본인 학교였다. 1921년 제7회 대회부

---

2. 황성YMCA야구단이 한일 병합 이후 바뀐 이름이다.

터 태평양 전쟁으로 대회가 중단되기 전인 1940년 제26회 대회까지 조선의 학교들에 출전 자격이 주어진 스무 번의 대회에서 경성중학이 7번 대표로 선발된 것을 비롯해 부산중학, 평양중학, 인천상업중학, 부산상업중학 등 일본인 학생들이 주로 다니던 학교들이 대부분 본선 출전권을 차지했다.

하지만 1923년 7월 27일, 경성중학 운동장에서 열린 조선 지역 예선 결승전에서 한국인 학생들로만 구성된 휘문고보 야구부가 한 해 전 조선 대표로 선발됐던 일본인 학교 경성중학을 10대 1로 크게 이기고 본선 진출권을 획득하는 이변이 일어났다. 국내 처음으로 야구부를 만들었던 휘문고보는, 동경 제국대학 유학 시절 '6개 대학 리그'에서 투수로 이름을 날렸고, 다른 조선인 유학생들을 모아 '동경 유학생 팀'을 꾸려 모국 방문 경기를 가졌던 박석윤을 감독으로 영입해 일본의 학교들과 대등한 수준의 지도를 할 수 있었다. 당시 조선에서 기술적으로 가장 뛰어난 야구 지도자였던 박석윤의 지도 아래 투수이자 4번 타자였던 김종세와 포수로서 3번 타자로 활약한 김정식이 공수의 핵을 이루어 강한 전력을 만든 휘문은 본선에서도 1회전을 부전승으로 통과한 뒤 2회전에서 만난, 역시 선수 전원은 일본인 학생들로 구성되어 있었던 만주 대표 대련상업을 9대 4로 누르며 8강까지 진출했다. 그리고 4강 진출권을 놓고 만난 리츠메이칸중학과의 3회전에서도 8회까지 4대 4로 팽팽히 맞섰지만 결국 9회 초에 3점을 빼앗기며 7대 5로 탈락했다. 휘문고보가 출전했던 당시에는 아직 오사카 고

시엔 야구장이 지어지기 전
이었기 때문에 '고시엔 대회'
라는 약칭으로 불리지는 않
았다.

그 외 한국인 학생으로
만 구성된 팀이 본선에 진출
한 적은 없었지만, 대구상업
(1930)이나 평양중학(1932),
신의주상업(1935), 인천상업
(1936), 평양1중학(1940) 등
일본인 학생이 절대다수를
차지하던 학교들이 조선 대표
로 선발되었을 때 그 안에 속
했던 한두 명의 한국인 학생
이 함께 고시엔 구장을 밟는
경험을 하기도 했다.

**인천고 야구부를 만들어 1950년대 전
국 최강팀으로 군림하게 한 김선웅**
그는 인천상업에 다니던 1936년 고시
엔 본선 무대를 밟은 적이 있다.
ⓒ 김종은 (김선웅 선생 장남)

식민지 시대에 중등학교(고등보통학교)는 경제력으로나 학력
으로나 최상위에 해당하는 극소수만이 다닐 수 있는 곳이었
고, 졸업 후에는 대부분 사회 지도층으로 진출하는 엘리트 코
스였다. 1931년에 전국 공·사립과 남·여학교를 통틀어 43개
의 고등보통학교에 14,791명이 지원하고 그중 4,817명이 합
격해 평균 3대 1가량 경쟁률을 기록했다. 사범 학교 세 곳과

각 지역의 실업 학교들을 합쳐도 연간 1만 명 미만의 학생들에게만 주어지는 교육 기회였다. 그리고 그런 명문학교들의 위상은 해방 이후에도 대부분 유지되었다. 예컨대 1968년 서울대 합격자 100명 이상을 배출한 전국 7개 고등학교(경기, 서울, 경복, 경남, 부산, 경북, 광주제일) 모두 식민지 시대에 개교한 각 지역 명문들로 6·25 전쟁 이전부터 야구부를 운영한 학교들이며 그 외에도 각 지역을 대표하는 명문 고교들(전주고, 대전고, 마산고 등)도 대부분 야구대회 지역 예선에서 1위를 도맡아 하던 곳이었다. 따라서 중등학교를 중심으로 성장한 야구는 자연스럽게 소수 엘리트층의 전유물로 인식되었을 뿐 아니라, 사회 각층의 요직에 자리 잡은 동문의 적극적 지원을 통해 대중적 관심 없이도 꾸준히 대회를 열고 언론에 보도되며 사회적 영향력을 유지할 수 있었다.

야구 통제령과 야구의 암흑기

이렇게 학교를 중심으로 성장하던 일본과 한국의 야구는 일본의 침략 전쟁이 본격화하면서 단절의 시기를 맞았다. 1932년 4월 1일 일본 문부성은 '야구 통제령'을 발표하고, 각급 학교로 하달해 야구 경기와 대회 개최에 관한 모든 결정을 문부성 통제 아래 두도록 했다. 구체적으로는 봄과 여름에 오사카 고시엔 구장에서 열리는 두 대회('우승대회'와 '선발대회')를 제외한 모든 학생 야구대회가 폐지되었고, 학교 간 야구 시합도 수업 없는 주말과 휴일에만 할 수 있도록 했다. 또한 관중들에게 입장료를 받는 유료 게임에는 학생들이 일체 출전할 수 없게 했고, 학교가 속한 지역(縣)을 벗어나 경기하지 못하도록 했다. 야구 통제령 발령의 명분은 야구의 인기에 편승해 나타나기 시작한 여러 부조리를 뿌리 뽑기 위한 것이었다.

그것으로 오늘날까지 일본의 고교 야구는 봄과 여름에 치러지는 일명 '고시엔 대회'만으로 집중되는데, 일본의 학생 야구가 나름의 질서를 갖추게 된 계기가 되었지만 한국 야구에는 상당한 타격이 될 수밖에 없었다. 식민지 지역까지 통제령이 적용됨에 따라 나름대로 전통을 만들어가던 한국의 모든 학생 야구대회도 폐지되어버렸기 때문이다. 1932년 이후 봄, 여름 고시엔 대회의 조선 지역 예선을 제외하면 한국의 학생 야구팀들이 출전할 수 있는 기회 자체가 사라졌고, 주말을 휴일로 즐기는 문화가 정착되지 못했던 당시에 평일 경기가 사라지자 대중에게 노출되는 기회가 급격히 줄면서 조금씩 형성되어가던 야구에 관한 관심 자체가 소멸되고 말았다. 그리고 전쟁이 교착 상태에 빠지고 일본의 열세가 짙어지던 1942년에는 일본 정부가 학교 안에서 모든 구기 종목 활동을 금지하고 그 시간을 군사 훈련으로 대체한 데 이어 지방 곳곳의 야구장을 파헤쳐 콩밭으로 개간하게 하면서 일체의 야구 관련 활동은 중단되고 말았다.

일본에서 배워 조선에서 가르치다

한국 야구에 미친 일본의 영향에 관해 고려할 점이 하나 더 있다. 일본 야구의 한발 앞선 기술과 문화를 본격적으로 소개한 이들은 일본인이 아닌 한국인들이었다는 사실이다. 1890년대부터 세워지기 시작한 배재학당과 YMCA 교육관 같은 곳에서 최초의 근대식 중등 교육으로 세례를 받은 뒤 일본으로 건너가 고등 교육을 받은 근대 교육 1세대 청년들이 방학을 이용해 고향으로 돌아와 일본에서 배운 야구 기술을 전수하기 시작한 것이다.

1909년 동경대에 다니던 박석윤과 와세다대에 재학 중이던 서상국을 비롯한 일단의 청년들이 처음 '동경 유학생 팀'을 구성해 고향을 찾았다. 그리고 당대 조선 최강을 자부하던 황성 YMCA팀과 모국 방문 경기를 벌여 무려 19대 9의 대승을 거두며 한발 앞선 일본 야구의 위력을 간접적으로나마 체험하게 했다. 그들의 방문 경기는 여러모로 초창기 한국 야구계에 큰 충격을 던졌는데, 그중 대표적인 것이 '번트'와 '더블 플레이'였다. 투수가 공을 던지면 힘껏 후려치는 것만 생각했던 당시 조선 사람들에게 타자 자신은 아웃당할 각오로 코앞에 타구를 떨구고, 그럼으로써 주자들을 진루시키는 전술은 충격으로 다가왔다. 또한 상대 타구를 잡으면 아웃카운트 하나가 당연하다고 생각하던 시절에, 타구 하나로 동시에 두세 명의 주자를 잡아내는 것은 기술 이전에 '발상의 전환'이라고 할 수 있었다.

야구에 대한 대중의 관심을 불러일으키고 기술적 진보의 필요성을 자극한 것 외에 '야구팀은 유니폼을 맞춰 입어야 한다'라는 생각을 하게 된 것 또한 그들이 끼친 영향으로 꼽힌다. 깔끔한 유니폼을 맞춰 입은 동경 유학생 팀과 비교하니 제각각 저고리와 잠방이 따위를 되는대로 걸치고 나온 황성YMCA 선수들은 무척 초라하고 불량스러워 보이기까지 했다.

그렇게 그들의 첫 번째 방문 경기 성과에 대해 두루 호평이 쏟아지면서 자연스럽게 연례행사로 자리를 잡았다. '동경 유학생 모국 방문 경기'는 정치 사회적 격동기 속에서 온갖 우여곡절을 겪으면서도 꾸준히 이어졌고, 1937년까지 모두 열 차례나 이루어지면서 숱한 화제와 성과를 남겼다. 그 열 차례의 방문 경기를 통해 그들은 YMCA야구단 외에도 오성학교나 배재고보 같은 조선인 팀에게 한 수 가르쳐주는 '지도 경기'를 하기도 했고, 1928년 제8차 모국 방문 때는 용산 만철 구장으로 원정, 철도 단체와 맞대결해 거둔 역전승으로 늘 기죽어 있던 조선인 팀들의 대리 복수를 한 적도 있었다.

혹은, 한국 야구는
미군정 시대의 산물일까?

1945년 8월 15일 일본이 무조건 항복을 선언하며 한반도에서
일본의 영향력은 일거에 제거되었다. 하지만 곧 한반도에 진
주한 미군은 건국준비위원회와 임시정부 등 한국인들이 구성
한 모든 자치 정부 수립 시도를 인정하지 않았고, 같은 해 9월
9일부터 3년 동안 미군정 통치를 시행하면서 총독부 기능을
대체했다. 3년 뒤 1948년 8월 15일에 대한민국 정부가 수립
되자 정권을 이양하고 단계적으로 철수했지만 2년 뒤 1950년
6월에 전쟁이 발발하자 다시 돌아온 미군은 이후 오늘날까지
곳곳에 주둔하며 여러 영향을 미치고 있다.

　1945년 이후, 한국 야구는 미국의 영향을 훨씬 강력하게 받
았다. 일제 강점기에 일본으로부터 전해진 영향력과는 확연히

달랐다. 미 군정기와 한국전쟁을 거치며 미국과 주한미군의 영향력이 더욱 강화되었고, 한국 지도자들과의 관계도 일본보다 훨씬 우호적이었다. 야구는 원래 미국에서 시작되어 큰 인기를 끌었으며, 한국에도 이미 토대가 마련된 종목이었다. 이에 미국과 한국의 정치 엘리트들은 야구를 문화적 가교로 적극 활용할 수 있었다. 미 군정과 주한미군은 한국 야구 발전을 지원했고, 이는 전국 대회 개최와 국가대표팀 구성의 직접적인 동력이 되었다.

특히 1945년부터 1948년까지 이어진 미군정 통치기에 38도선 이남의 행정권과 치안권을 장악한 것은 미군이었고 그 통치를 받는 것은 한국인이었다. 하지만 미군과 한국인은 서로에 대해 아는 것이 거의 없었고, 언어 소통조차 대부분 불가능했다. 그런 상황에서 한국인과 미군의 정서적 거리를 좁히기 위한 친선 교류 행사는 여러 면에서 중요한 의미가 있었는데, 특히 가장 폭넓게 활용된 것은 언어가 필요하지 않은 스포츠였다. 권투, 탁구, 사격, 테니스, 축구, 미식축구 등의 종목에서 미군 부대와 그들이 주둔하던 지역의 한국인 주민들이 '한미 친선'이라는 타이틀을 내걸고 경기를 벌였다.

말은 통하지 않지만, 스포츠로 교감하다

하지만 당시에는 많은 관중을 수용할 수 있는 실내 경기장이 부족했기에, 권투, 탁구, 사격 등의 개인종목 경기는 파급력에 한계가 있었다. 야외 단체종목 중에서는 한국인들이 비교적 폭넓게 즐기던 축구가 있었지만, 세계적으로 인기 있는 축구가 유독 미군들에게는 별로 인기가 없었다. 반면 미군들이 즐기는 미식축구는 한국인들에게 생소한 종목이었다.

그런데 야구는 미군이 가장 좋아하고 잘하는 종목이었고 종주국의 자부심으로 주둔지 국민에게 기꺼이 전파하고 지도할 의지도 있었다. 한국인 중에도 식민시기에 야구부가 설치된 명문학교들을 졸업하거나 유학을 경험해 미군정과 소통이 가능한 정치·경제·언론계 엘리트 중에는 야구에 익숙한 이들이 많았다. 동시에 많은 관중이 입장할 수 있는 정식 야구장도 있었는데, 동대문의 서울야구장 외에 용산에도 만주철도주식회사가 사용하던 전용 야구장이 있었다. 게다가 축구만큼은 아니지만 대중에게도 비교적 알려진 종목이기도 했다.

야구가 한미 스포츠 교류의 주된 통로로 자리매김하는 데는 초창기 한국 체육계의 주도 세력이 야구인을 주축으로 했다는 점도 영향을 미쳤다. 1938년 일제 총독부에 의해 강제 해산됐던 조선체육회는 해방과 함께 재건 작업을 서둘러 1945년 11월 26일에 재건 총회를 치렀다. 재건된 조선체육회에서 실무를 담당한 대표적인 인물로는 이원용, 이영민, 서상국, 이정순, 이길용 등이 있었는데 그들은 공통적으로 야구 선수 출신이거나 야구계 안에서 성장한 이들이었다. 역시 야구가 학교를 중심으로 발전해온 데다가 오랜 기간 전국 대회를 치러본 경험도 풍부했던 종목이었기 때문이다.

　재건 총회 직후부터 조선체육회 산하에 여러 종목별 경기 단체도 속속 부활했고, 조선야구협회도 1946년 3월 18일에 재결성되었다. 조선야구협회는 재결성 직후부터 활발하게 사업을 벌여 나갔다. 1946년 5월 '4개 도시(서울, 부산, 대구, 인천) 대항 야구대회'를 열었고 그 성과를 토대로 다음 달인 6월에는 11개 도시(기존 4개 도시에 군산, 전주, 마산, 광주, 대전, 개성 추가)가 참가하는 '전국 도시대항 야구대회'를 열기도 했다.

　다시 그 두 달 뒤인 8월 16일에는 해방 1주년을 기념하는 '조미(朝美) 친선야구대회'를 열었는데, 그 대회가 한국 야구 발전의 중요한 계기가 되었다. 그 대회에서 조선 대표팀이 미군 팀을 상대해 비록 패하긴 했지만 치열한 추격전을 벌인 끝에 3점을 얻어내는 선전을 펼쳤고, 그에 대한 치하의 의미로 선물 받은 야구공 3다스(36개)를 식산은행에 담보로 맡기고 돈 10만 원을 대출받아 '전국중등학교 야구선수대회'를 창설했기 때문이다. 그것이 해방 후 전국 규모로 치러진 최초의 단일 종목 스포츠 대회이며 현재까지 이어지는 가장 오랜 전통을 가진 '청룡기 고교야구대회'다.

한미 야구, 청룡기로 이어지다

'한미 친선야구대회'의 성과에 대한 한미 양국의 높은 평가는 그 뒤로도 꾸준히 대회가 이어지면서 그 진정성이 확인되었다. 특히 1957년부터는 일회성 이벤트의 반복 차원을 넘어 대한야구협회와 미8군 사령부가 공동 주최하며 횟수를 부여하는 정식 대회로 승격되었으며 1970년까지 14회에 걸쳐 개최되었다.

미군의 한국 주둔은 오늘날까지도 이어지고 있으며 미군과 한국 사회는 다양한 층위에서 문화적·사회적 영향을 주고받아왔다. 야구에서도 공식적인 한미 교류 행사 외에도 무수한 연습 경기가 열렸고, 그 과정에서 중요한 자극도 받았다. 2차 세계 대전 이후 전 세계 곳곳에 주둔한 미군들은 부대 대항 야구 리그를 운영하며 결속을 다졌는데, 부대대항전 규모는 주둔 지역이나 국가 단위에서, 보다 광범위한 권역 단위까지 다양했다. 특히 같은 극동 지역에 속한 일본, 필리핀 주둔 부대들과 치열한 라이벌전을 벌여야 했던 주한 미군 팀은 종종 수준급의 한국인 팀들을 섭외해서 용산 미군 기지로 초청해 연습 경기 상대로 활용하곤 했다. 그때 미군의 연습 파트너로 선택받은 실업과 대학팀들은 미군 기지 내에 조성된 훌륭한 야구장에서 선진 기술을 가진 팀을 상대하며 기술적 자극을 얻을 수 있었을 뿐만 아니라 국내에서는 구하기 어려웠던 여러 미국산 야구 장비들을 제공받으며 전력을 강화하는 기회로 삼을 수 있었다. 1950년대 인천과 부산의 야구팀들이 강세를 보인 이유 역시 해당 지역에 주둔하던 미군과의 교류 경험으로 꼽는 선수들이 적지 않다.

즉, 1940년대에 주한 미군이 한국에 야구 기술과 장비를 전파하고 규모 있는 경기와 대회를 열 수 있도록 뒷받침해주는 역할을 했다면 1950년대와 60년대에는 주둔지 인근에서 활동하던 야구팀에 선진 기술과 장비를 전파함으로써 전국 무대에서 두각을 나타내게 하고 기술 발전을 선도하게 하는 드러나지 않는 배경으로 기능한 셈이다.

그 외에도 대학, 프로, 교회, 어린이 등 여러 종류의 미국팀이 한국을 방문해 경기를 열었으며 특히 1958년 메이저리그 강팀인 세인트루이스 카디널스의 한국 방문 경기는 이승만 대통령이 직접 경기장에 나서 시구를 하고 참관했을 정도로 중요하게 다루어졌다.

한국에서 야구가 시작되고 성장

이승만 시구 1958년 10월 21일 서울야구장에서 열린 메이저리그 세인트루이스 카디널스 방한 경기에서 이승만 대통령이 관중석에서 경기구를 전달하는 미국식의 시구를 하고 있다. 한국 대통령으로서 첫 번째 시구였지만, 이승만 대통령이 야구에 별다른 관심을 보인 적은 그날 외에는 없었다. ⓒ 국가기록원

하는 데 미국과 일본 두 나라가 큰 영향을 미친 것은 사실이다. 그래서 한국 야구 발전에 결정적인 영향을 미친 것이 미국

이냐 일본이냐 하는 문제를 놓고 꽤 팽팽한 논란이 이어져 오기도 했는데, 예컨대 1960~70년대 신문 기사들을 살펴보면 우리나라에서 유독 야구가 인기를 얻는 이유를 분석하면서 때로는 미국의 영향력을 꼽기도 하고 때로는 일본의 식민지 경험을 꼽기도 한다. 질레트 목사와 황성YMCA야구단에 관한 실증 기록들로 '최초'에 관한 논란들이 쉽게 정리되긴 했지만, 오늘날 한국 야구에 미국 못지않게 일본의 영향이 섞여 있음을 부정할 수는 없다. 다만 방식이 조금 달랐는데, 미국인들이 우리에게 야구를 가르쳐주었다면, 일본인들은 우리의 상대 혹은 도전 대상이 되어주었다고 할 수도 있겠다.

어쨌든 1950년대까지 야구는 가장 왕성하게 전국 단위 대회를 개최하고 활발한 교류전을 벌이는 종목이었다. 일본의 식민 통치 기간에 야구를 경험한 수도권과 영남의 명문학교 출신들이 정부와 언론, 기업 등 사회 전반의 요직을 점하고 있었기 때문이기도 하고, 또 하나는 미국과의 친선 교류가 중요한 국가적 과제였던 시기에 그 가교 역할을 할 수 있는 몇 안 되는 문화적 통로였기 때문이었다.

더불어 짚어봐야 할 것은, 미국과 일본의 영향으로 전래되고 발전하기 시작한 야구가 최소한 1950년대까지는 대중적 기반이 매우 취약했다는 점이다. 한국 야구의 성장에는 두 나라가 큰 영향을 미쳤지만, 한국 야구의 대중화 혹은 인기에 미친 영향은 생각보다 크지 않았다.

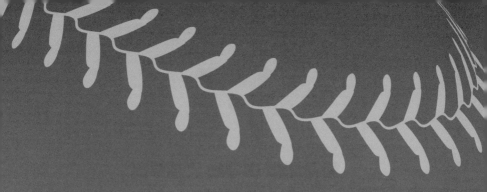

2부

한국인은 언제부터
야구를 좋아했을까?

한국에서 야구는 언제부터
인기종목이 됐을까?

흔히 '전국체전'이라고 부르는 전국체육대회는 2019년에 역사적인 100회 대회를 치렀다. 오늘날과 같은 종합 경기 대회로 치러지기 시작한 것은 1934년이었지만 1920년에 열렸던 제1회 전 조선야구대회를 동시에 제1회 전국체육대회로 인정하기 때문이다. 말하자면 오늘날의 전국체육대회는 야구 한 종목으로 시작해 축구, 테니스, 육상, 농구 등으로 확장되며 발전해온 것이다.

이렇듯, 전 조선야구대회는 조선체육회가 창설된 이후 조직의 역량을 기울여 주관한 첫 대회였던 동시에 훗날 종합 체육 대회로 발전하는 출발점이 되었다. 조선체육회의 첫 사업이 야구대회 개최로 시작된 것은 단체 내에서 야구인들이 중심 역할을 하고 있었기 때문이다. 단적으로 1920년 창설 당시 조선체육회 초대 이사 8명 중 경기인 자격으로 참가한 이는 이원용과 윤익현 두 사람이었는데, 그들은 모두 야구 선수 출신이었다. 그리고 그것은 한국 근대 스포츠 역사에서 야구가 차지하는 의미를 상징적으로 보여준다. 야구는 한국에서 가장 일찍부터 발전하기 시작한 근대 스포츠였다.

하지만 1960년대 이전까지 한국에서 야구는 대중적인 인기를 누리지는 못했다. 일본이나 미국 유학을 통해 야구 문화를 경험했거나 야구부를 보유한 국내의 몇몇 명문학교를 졸업한 엘리트들이 열렬한 관심과 지원을 보냈음에도, 지역적·계층적 한계를 극복하지 못했기 때문이다. 규칙이 복잡하고 전문 장비들과 일정 규모 이상의 경기장이 꼭 필요한 야구의 특징은 대중의 접근을 어렵게 했고, 그것을 넘어설 만한 계기들이 마련되지 못한 시기였기 때문이다.

1949년 서울운동장에서 집계한 전체 유료 입장객 328,391명 중 야구 경기를 찾은 이들이 73,628명을 차지해 축구 64,528명, 농구 18,828명을 처음으로 앞서며 최다 관중을 기록했다. 하지만 그해 서울운동장에서 열린 경기 수를 따져보면 이야기가 달라진다. 야구 경기는 86경기에 달했던 반면 축구는 36경기, 농구는 17경기에 불과했다. 경기당 평균 관중 수를 따져보면 야구는 겨우 856명에 불과해 축구 1,698명, 농구 1,107명은 물론이고 평균 1,686명의 육상과 1,051명의 자전거 경기에도 못 미치는 5위에 불과했다. 다만 한미 친선야구대회가 계속 열리고 청룡기와 황금사자기 고교야구대회가 시작되면서 야구의 경기 수가 부쩍 늘어났으므로 총 관중 규모가 불어났을 뿐이다. 그 시점에서 야구는 가장 많은 경기가 열리긴 했지만, 가장 많은 관중이 모이는 종목은 아니었다. 이런 사정은 1950년대를 지나 1960년대에도 크게 달라지지 않았다.

1962년 2월 1일에는 장충체육관이 대대적인 증개축 공사를 거쳐 국내 최초의 실내 체육관으로 재개장했고, 이때부터 실내 종목들이 비약적인 성장을 시작했다. 재개장 첫해인 1962년에 농구는 장충체육관에서 154번 경기를 치렀는데 모두 290,657명의 관중이 찾아 경기당 1,887명을 기록했고, 프로레슬링은 23경기에 69,846명이 입장해 경기당 3,037명에 달했다. 또 1964년에는 격화된 한일 회담 반대 운동을 억누르기 위해 발령한 비상계엄령 때문에 6월과 7월 두 달 동안 스포츠 경기를 포함한 모든 대중 집합 행사가 금지되었음에도 농구가 132경기에 20만여 명을 모아 경기당 1,515명, 프로레슬링이 33경기에 14,300명을 모아 경기당 4,333명을 동원했다. 모두 많게는 4배 이상의 관중을 수용할 수 있는 서울야구장에서 치러진 야구보다 적게는 1.5배에서 3배나 큰 규모였다.

비인기 종목 야구의 아시아 제패

잠시나마 야구가 관심을 끈 때가 있긴 했다. 1963년 9월 21일부터 8일간 서울에서 열린 제4회 아시아 야구선수권대회는 해방 이후 처음으로 야구가 국민적 관심의 대상으로 떠오른 기회였다. 대회 총관중은 7만 6천 명으로 경기일 당 1만 명에 미치지 못했지만, 한국 팀 경기로 좁혀서 보자면 1만 명을 훨씬 넘어섰고 특히 대회 마지막 날 일본과의 결승전에서는 한국 야구 역대 최다 관중인 2만 5천 명을 기록했다.

그리고 그 경기에서 한국 야구 대표팀이 역사상 처음으로 국가대표급 경기에서 일본에 승리하며 국제대회에서 첫 우승을 하자 야구에 관한 관심이 높아지면서 두 달 뒤인 11월에 열린 일본 프로야구 다이요 웨일즈와 도에이 플라이어스 초청 경기 때는 초겨울의 추운 날씨에도 불구하고 1만 5천 명의 관중이 모이는 이례적인 현상도 나타났다. 그런 영향으로 그해 서울운동장에 입장한 야구 경기 관중은 1962년에 비해 10만 명 이상 늘어난 48만 명을 기록했다. 국제대회 첫 우승이라는 의미 외에 늘 넘지 못하는 벽이었던 일본을 상대로 처음으로 이겼다는 점에서 대중의 관심을 자극할 수 있었다. 또한 아시아선수권대회 우승 자체는 돌출적인 사건이라고 하더라도 그 사건을 전후해 실업야구팀이 급격히 늘어난 것과 그 이듬해 1964년부터 실업야구가 새로운 운영 방식과 기록 관리 방식을 도입하며 야심 차게 출발한 것은 그 파장을 지속시킬 수 있는 호재였다.

그럼에도 야구의 인기가 꾸준히 확대되거나 유지되진 못했다. 이듬해 1964년 서울운동장 야구장의 유료 입장객은 다시

10만 명이 줄어들며 2년 전 수준으로 돌아간 38만 명이었다.

고교 야구의 성장, 성인 야구의 퇴보

서울야구장 입장객 수는 1970년대 초반까지도 50만 명 선을 넘지 못한 채 고전했다. 1960년대 후반부터 고교 야구의 관중 수가 꾸준히 늘어났다는 점을 고려하면 실업야구를 비롯한 성인 야구의 관중 수는 오히려 줄어들고 있었다. 정확한 집계는 남아 있지 않지만, 각종 대회에 대한 단편적인 기록과 기사들을 종합해보면 1960년대 내내 실업야구의 경기일 당 관중 수는 서울야구장에서 열리는 주말 경기를 기준으로 1천 명 안팎 정도였던 것으로 추정된다. 국제대회에서의 성과는 대중의 관심을 집중시키는 데는 강력한 힘이 되었지만, 근본적인 변화로 이어지지 못한 채 단기적인 신드롬으로 끝나버리고 말았다.

어느 종목에 대중의 관심이 쏠려 있었는지는 각 종목 선수들에 대한 스카우트 열기를 보면서 어느 정도 짐작할 수 있다. 각 종목에서 우수한 선수들은 상급 학교로 진학하거나 기업으로 입사할 때마다 선발 경쟁 대상이 됐고, 경쟁의 치열함은 장학금이나 상여금 혹은 계약금이라는 형태로 제시된 돈의 크기로 비교될 수 있기 때문이다.

해마다 연말에는 언론 지면에 다음 시즌을 대비한 스카우트 관련 보도가 이어졌다. 예컨대 1963년 동아일보 12월 6일 자 기사는 가장 치열한 스카우트 경쟁이 이루어지는 종목은 여자농구인데 계약금이 평균 50만 원에서 70만 원에 이르며, 그다음이 여자배구라고 전했다. 또한 1967년 11월 29일 자 경향신문 기사는 "여자농구와 배구 같은 인기종목의 경우 1백만 원대의 현찰을 싸 들고도 신랄한 싸움 끝에 이겨야 마음에 드는 선수를 겨우 모셔올 수 있다"라고 쓰고 있다.

하지만 야구 선수 중에서 실업팀 입단 시 계약금을 받는 경우는 거의 없었다. 예컨대 1960년 경동고 무적 시대를 이끌었고 서울야구장에서 고교생으로는 처음 홈런을 기록한 그해 최고의 고교 선수로, 일본 프로야구 관계자들로부터 "일본에 진출한다면 3천만 엔을 받을 수 있는 선수"라는 평가를 받았으며 1962년에는 일본 프로야구에 진출해 1975년 타격왕까지 지낸 백인천도 1961년 농업은행에 입단하면서 계약금을 전혀 받지 못했을 정도였다. 그것은 1960년대 국가대표팀 3, 4번 타자를 맡은 국내 최고의 타자 박영길과 김응용도 마찬가지였다.

1970년대 중반까지도 실업팀에 입단하면서 계약금을 받는 야구 선수는 극히 드물었는데, 1980년에 한국 야구 역사상 최고의 선수 중 한 명인 최동원이 실업팀 롯데에서 계약금 3천만 원을 받기로 했다고 공개했을 때 한 언론에서는 "야구 선수가 가장 값싸게 팔리던 전례를 깼다"라고 평가했을 정도였다. 1960년대 후반과 1970년대 초반 사이에 야구의 위상이 급격히 상승했지만, 여전히 최고의 인기를 누리기 시작했다기보다는 축구, 농구 등 기존의 인기 종목과 대등한 수준으로 올라선 정도였음을 드러낸다.

신문의 체육 기사에서는 1960년대 후반까지만 해도 농구, 축구, 야구 순으로 기사 양이 많았다가 1971년이 돼서야 고교 야구의 인기에 힘입어 야구, 축구, 농구 순으로 바뀌었다. 최소한 1970년대 이전까지는 언론 지면에서도 야구 비중은 크지 않았음을 알 수 있다. 게다가 당시 설문조사 결과를 보면, 야구에 대한 언론 주목도가 높아졌다고 했던 1971년에도 여전히 남자는 축구, 여자는 농구를 가장 선호하는 것으로 나타났다.

단순한 축구, 난해한 야구

그렇다면 과거에는 야구가 왜 대중적인 인기를 얻지 못했을까?

우선 야구라는 종목이 가진 근본적인 문제 때문이다. 경기 방식이 직관적이지 않고, 경기 운영을 위해 필요한 규칙들이 심하게 복잡하고 난해해서, 제대로 이해하고 즐기려면 적지 않은 공부가 필요하다

예컨대 축구나 농구처럼 공을 정해진 목표 지점(골)에 넣는 종목은 처음 접하는 사람도 특별한 설명이 필요 없을 만큼 경

기 방식이 단순하다. 다만 공을 목표 지점까지 가져가는 과정에서 지켜야 할 금기들, 예컨대 축구에서는 손을 써선 안 된다든가, 농구의 경우 공을 바닥에 튕기지 않은 채로 세 걸음 이상을 떼면 안 된다든가 하는 규칙을 알아야 하지만, 그리 어려운 문제는 아니다. 경기 자체를 보고 즐기는 데 필요한 설명에는 채 1분도 걸리지 않는다. 배구나 테니스처럼 네트를 넘기는 종목들도 크게 다르지 않다. 네트 넘어 상대 영역에서 공의 움직임이 끝나도록 한다는 사실은 이해하기 어렵지 않으며, 단지 몇 번의 바운드 혹은 우리 팀 사이에 몇 번의 주고받음 안에 상대 진영으로 넘겨야 한다거나 정해진 영역 밖으로 내보내면 안 된다는 정도의 제한 사항만 따로 기억하면 충분하다. 역시 1분 안에 충분히 설명이 가능한 수준이다.

하지만 야구는 다르다. 홈 베이스에서 출발한 주자가 1, 2, 3루를 돌아 다시 홈으로 돌아와야 1점을 얻는다는 기본 논리 자체도 다소 난해하지만, 주자가 각 베이스를 오갈 수 있는 조건들이 매우 복잡하다. 예컨대 타자가 방망이로 때린 공이 수비수에 의해 주자에 터치되기 전까지는 주자가 자유롭게 움직일 수 있지만, 타자가 친 공이 바닥에 닿지 않은 상태에서 수비수에게 잡혔을 때는 예외가 된다. 그리고 뒤의 베이스가 꽉 찬 상황에서는 수비수가 공을 쥔 채 발로 베이스를 먼저 밟는 것만으로 주자를 아웃시킬 수 있지만, 뒤의 베이스가 빈 상황에서는 반드시 공을 쥔 손으로 주자의 몸을 '태그'해야만 아웃이 성립한다. 게다가 인필드플라이, 스트라이크아웃, 낫아웃,

보크 등등 타자와 주자의 생사를 가르는 조건에 대한 규칙 중 상당수는 수십 년 야구를 보아온 팬은 물론이고 선수나 지도자, 심지어는 심판들마저 혼동하게 할 만큼 복잡하다.

물론 그렇다고 해서 단지 야구 경기를 보면서 시험공부 하듯 교재를 보고 필기하며 야구 규칙을 공부하는 사람은 없다. 자주 접하다 보면, 자연스럽게 익히게 되기 때문이다. 문제는 1960년대 이전까지 한국 사회에서 야구란 그리 쉽게 접할 수 없는 종목이었다는 점에 있다.

흔히 축구는 '공 하나만 있으면 되는' 놀이라고 하고, 육상은 '팬티 하나만 있으면 되는' 종목이라고 한다. 가난한 아프리카와 남미의 뒷골목에서도 훌륭한 축구 선수와 육상 선수들이 심심치 않게 배출되는 이유다. 그에 비해 야구는, 훨씬 높은 진입장벽을 가지고 있다. 최소한 공과 글러브, 배트는 있어야 하며 좀 더 제대로 혹은 안전하게 즐기려면 포수 보호를 위한 보호 마스크와 보호대 정도는 필요하기 때문이다. 그런 장비들은 값이 비쌀 뿐 아니라, 1970년대 이전까지는 대부분 국내에서 제작할 수 없는 수입품들이었다. 가난했던 시대, 가난했던 한국인에게는 하기에도 보기에도 너무 멀리 있는 문화였던 셈이다.

그렇다고 과거 한국의 야구인들이 모두 부유한 집안 출신이었던 것은 아니다. 실뭉치 따위로 공을 대신하기도 하고, 시멘트 포대 같은 두꺼운 종이를 몇 겹씩 덧대고 접어서 글러브 대용품을 만들어 사용했던 이들이 적지 않았다. 배트야 건축 공사장 한쪽에서 주울 수 있는 각목 따위로 대신했고, 포수들은 보호 장비 없이 파울팁 타구의 위험을 감수하며 근성으로 홈 베이스를 지키기도 했다. 1960년대까지 고교야구대회에서 우승을 차지한 학교들은 서울, 인천, 대구, 부산의 네 도시 밖에서는 배출되지 못했는데, 네 도시에서 야구가 가장 먼저 활성화된 이유 역시 미군 부대가 주둔한 곳이라서 그들에게서 얻거나 미군 부대 뒷문을 통해 흘러나온 야구 장비들이 일부나마 보급된 지역이었다는 사실이 한몫했다. 그렇게 불가능한 일은 아니었겠지만, 야구 문화가 대중적으로 확산하는 데는 그런 환경이 근본적인 한계로 작용했다.

게다가 대부분 지역에서는 제대로 된 야구 경기를 볼 수 없었다. 1960년대 이전까지 야구대회도 서울과 부산을 제외한 대부분 지역에서는 정식 경기를 치를 만한 경기장 자체가 없었기 때문이다. 그래서 대개는 중고등학교 운동장에 선을 그어 만든 간이 경기장을 활용하긴 했지만, 정확한 거리 측정도 이루어지지 않았을 뿐 아니라 마운드나 펜스, 안전망 같은 기본적인 시설물도 갖춰지지 못했기 때문에 경기 형태도 정상적일 수 없었다.

야구장이 없는 나라

축구장과 달리 범용성이 낮은 야구장의 경우 홈 플레이트를 중심으로 90도 각도로 파울 라인을 설정하고 100m 안팎의 거리에 부채꼴 모양으로 홈런의 경계가 되는 펜스를 설치해야 한다. 그리고 내야에도 27.43m 간격으로 1, 2, 3루 베이스를 고정해야 하며, 홈 플레이트로부터 18.44m 거리의 중앙부에 높이 10인치의 마운드와 투수판도 갖추어야 한다. 각각의 거리는 기본적인 플레이 결과가 아웃 혹은 세이프로 이어져 공격과 수비의 균형을 이루도록 세밀하게 설계된 야구라는 종목의 구조와 직결된다. 즉, 투수와 포수의 거리가 조금만 가까워져도 득점은 극히 어려워지며 1루까지의 거리가 조금만 가까워져도 내야수들의 정상적인 수비 동작으로는 타자를 아웃시킬 수 없게 되어 득점이 지나치게 높아진다. 심지어 1년에 150경기 안팎을 소화하는 국내외 프로야구 리그에서는 마운드 높이를 1인치 정도 높이거나 낮추는 데 따라 경기당 평균 득점이 2점가량 늘거나 줄기도 한다. 또한 치명적인 부상을 유발할 수 있는 작고 단단하며 빠르게 움직이는 공을 사용하기 때문에 선수와 관중의 안전을 보장하기 위한 여러 조치를 마련해야 하며, 따라서 경기장 주변 출입 통제가 필수적이고 높고 강력한 안전그물도 설치해야 한다. 따라서 일반적으로 평탄화와 배수시설 공사 정도만 이루어지면 플레이에 충분한 축구장에 비해 훨씬 많은 건설비와 관리 비용이 소요된다.

1960년대 초반까지 서울야구장(동대문)과 육군야구장(용산)을 제외하면 정식 대회 개최에 적합한 규격과 관중 수용 시설을 갖춘 야구장을 한국 전체에서 찾을 수 없었다. 따라서 실업

야구대회도 서울에서만 치러야 했고, 고교 야구 선수들도 전국 대회 본선 진출 전까지는 제대로 된 야구장에서 경기할 수 없었다. 그나마 서울의 학교들은 평소 정식 야구장을 경험할 기회가 많았으므로 간이 야구장을 마련할 때도 비교적 정확한 규격을 지킬 수 있었지만, 지방 학교는 규격에서도 부정확한 경우가 많았다. 예컨대 대전에서 중학교를 졸업한 후 서울로 올라가 1960년 경동고등학교 무패 신화를 이끌며 '원자탄 투수'라는 별명을 얻은 이재환은 투수로 성공한 비결에 대해, "중학교 시절, 대전에서 마운드도 없고 포수와의 거리도 한두 걸음 더 먼 위치에서 던지다가 서울로 올라오니 갑자기 공을 던지는 것이 쉽게 느껴졌기 때문"이라고 회상했을 정도였다.

이 문제들이 해소되기 시작한 때가 1960년대였다. 1960년대 초반부터 지방의 거점 도시들에 종합 경기장이 건설되기 시작했고, 각 지방 예선 대회들이 보다 개선되고 규격화된 경기장에서 치러졌을 뿐 아니라 전국 대회의 지방 개최도 가능해지게 되었다.

그런 변화의 결정적인 계기가 된 것은 1962년부터 시작된 전국체전 지방 순회 개최였다. 5·16 군사정변 직후인 1962년, 제43회 전국체육대회를 대구(경북)에서 개최한 것을 시작으로 제44회 전북(전주), 제45회 경기도(수원), 제46회 전남(광주) 등 지방 순회 개최가 연속적으로 이루어졌다. 대회 개최 준비 과정에서 각 도의 거점 도시에는 2만 석 이상의 관중석을 갖춘 종합 경기장과 실내 경기장, 수영장 그리고 야구장이 건설되었다.

전국체육대회 지방 순회 개최를 위한 준비 과정에서 범용성이 부족한 야구장 건설이 포함된 이유는 전국체육대회와 야구가 가지는 역사적 특수 관계 그리고 대한체육회 안에서 야구인들이 차지해온 위상과 연관 지어 이해할 수 있다. 1920년에 조선체육회 주관으로 시작된 전 조선야구대회는 1934년 제15회 대회부터 축구, 농구, 육상, 테니스 등의 종목을 추가해 종합 체육 대회인 '전 조선 종합 경기 대회'로 확대되었다. 그리고 1938년 조선체육회가 총독부 훈령에 따라 해체되면서 중단되기도 했지만, 1945년 광복이 이루어지자 2개월 뒤 10월 27일에 열린 제26회 대회부터 다시 시작해 '전국체육대회'(전국체전)라는 이름으로 오늘날에 이르고 있다. 조선체육회 창설 자체를 주도한 것이 야구인들이었으며, 최소한 1988년 올림픽 이전까지 대한체육회를 주도한 것 역시 야구인들이었다.

육해공군 참모총장을
선발투수 맞대결시킨 사람은 누구였을까?

1962년 4월 17일 서울운동장 야구장에서 각 군 대항 연식 야구대회가 열렸다. 육해공군과 해병대, 중앙정보부 다섯 팀이 출전한 그 대회를 앞두고 최고회의로부터 하달된 지침은 "각군 서열 20위 이내의 고급 간부들로 팀을 구성할 것"과 "각군 최고 지휘관이 선발투수로 출전할 것"이었다. 그날 시구는 최고회의 박정희 의장이었고, 개막 경기는 김종오와 김신, 두 참모총장을 선발투수로 내세운 육군과 공군의 대결이었다.

5·16 군사정변이 채 1년이 되지 않은, 그 시점에 한국 사회에서 군부의 힘은 절정에 달해 있었다. 그 시기에 각 군 참모총장들을 직접 마운드 위로 끌어낼 수 있는 것은 한 사람뿐이었다. 그리고 그날 경기가 꽤 흥미로웠던지, 그 정점의 권력자

타석에 선 박정희 최고회의 팀 2번 타자 박정희가 타석에 서 있다. 상대팀 선수들은 대법관과 주요 법원장들로 구성된 대법원이었다. ⓒ 대한뉴스 캡처

는 얼마 뒤 직접 그라운드에 나섰다. 그해 11월 24일, 역시 서울운동장에서 열린 '정부기관 친선야구대회'에서였다.

그날 출전한 팀은 최고회의, 내각, 대법원, 군 등 4개였고, 최고회의 팀 2번 타자와 2루수로 출전한 박정희 의장은 대법원과의 1회전에서 안타 2개를 기록했다. 최고회의 팀 선발투수는 초대 중앙정보부장 김종필이었다.

그날 경기에서 다소 무리를 했던지 경기 직후 허리에 통증을 느낀 박정희 의장은 비밀리에 온양 온천으로 내려가 하루 요양한 뒤 공관에서 이틀을 더 쉬었는데, 이유에 관한 설명 없이 예정된 공식 일정이 취소되거나 부의장에 의해 대행되면서 기자들의 항의가 이어지는 소동이 빚어지기도 했다. 고위 공

직자들의 친선 경기는 간혹 있는 일이지만, 한국의 최고 권력자가 직접 선수로 야구 경기에 출전한 일은 지금까지는 그날이 유일하다.

쿠데타 세력의 야구 사랑

실제로 야구에 대한 애정과 관심이 어느 정도였는지와는 별개로, 집권 초기 박정희가 의식적으로 야구와 가까운 모습을 보이려 했던 것은 분명하다. 최고회의 의장 때는 스스로 "장훈과 백인천 선수의 팬"이라고 소개하기도 했고(경향신문, 1962년 6월 12일 자), 대통령 후보로 나선 1963년에는 부인 육영수가 신문 인터뷰에서 "가끔 남몰래 야구장에 가서 야구를 구경하는 것이 유일한 취미"라고 말하기도 했다(경향신문, 1963년 8월 30일 자).

그들 부부가 언제, 또 어떤 경로로 야구에 관심을 두게 됐는지는 분명하지 않다. 박정희는 야구부가 있는 학교에 다닌 적은 없으며 만주국이나 일본의 육군사관학교를 다니던 시절에도 야구를 가까이했던 흔적은 없다. 다만 부산의 군수 기지 사령관을 지내던 1960년에 지역의 고교야구대회를 내빈 자격으로 참관했던 기록은 있다.

하지만 그의 주변에 있던 군사정변과 집권 초기 핵심 인물 중에는 야구를 즐기는 이들이 적지 않았다. 국가재건최고회의 최고위원을 거쳐 최장기 중앙정보부장을 지낸 김형욱은 "어릴 적 야구선수를 했었다"라고 밝힌 적이 있으며, 초대 공화당 사무총장을 거쳐 문교부 장관을 지낸 윤천주는 서울대와 공군팀 소속으로 대학대회와 실업대회에서 야구 선수로 뛴 적이 있었다.

그리고 결정적으로는 군사정변의 실질적인 기획자와 재정 담당으로 활약한 김종필-김종락 형제가 공주중학(현 공주고)을 거쳐 각각 서울사범대와 일본 니혼대를 다니면서 야구를 접했으며, 특히 군사정변 직후 한일은행 대리에서 전무로 벼락 승진한 김종락은 시중 은행들의 실업야구팀 창단을 주도한 데 이어 3공과 5공에 걸쳐 무려 20여 년이나 야구협회장을 지내기도 했다.

지역 명문고 중심의 야구 문화

1960년대까지도 한국에서 야구는 대중적인 종목이 아니었다. 지역적으로는 서울, 인천, 부산, 대구 정도에서만 어느 정도 알려져 있었으며, 그 지역에서도 각 지역을 대표하는 명문학교 졸업생들을 중심으로 해서 집중적인 인기를 누렸을 뿐이다.

지금도 세계적인 관점에서 볼 때, 야구는 매우 편중된 지역에서만 집중적으로 향유되는 문화에 속하며, 그 때문에 올림픽 정식 종목 편입과 배제가 반복되기도 한다. 예나 지금이나 야구가 대중화되지 않은 것은 이상한 일이 아니며, 대중화된 사회나 시대를 추적해보면 오히려 특별한 사연과 맥락이 있다고 봐야 한다.

식민지기에 일본인 학생들이 주로 다녔던 학교들은 야구부를 운영하는 경우가 많았고, 그런 학교 중 상당수는 해방 이후에도 그대로 명문학교 위상과 야구부 전통을 물려받은 경우가 많았다. 이는 각 지역의 대표적인 명문학교 동문을 중심으로 야구 문화가 이어진 주된 이유이기도 했다. 그리고 해방 직후 미군 부대들의 주요 주둔지였던 도시에서는 주변 청년이나 학생들이 미군 부대 야구팀의 연습 상대로 활용되는 경우가 많았고, 미군 부대에서 흘러나온 야구 물자도 풍부했으며, 그런 도시를 중심으로 야구 문화가 대중화되기 시작했다.

권력과 야구, 중요하지만 전부는 아닌

박정희와 야구의 관계에 대해서는 많이 알려지지 않았다. 그가 가장 즐겼던 운동은 만주군 장교 시절부터 배운 승마였으며, 통치권자로서 벌였던 체육 정책들은 태릉선수촌이나 격투기(프로레슬링과 프로복싱)로 상징되어왔다.

하지만 최소한 그의 집권 전반기에 해당하는 1960년대 내내 가장 큰 규모로 지원한 종목은 야구였다. 그 시기에 실업야구 리그가 본격적으로 시작되었고, 지방 각 도의 거점 도시에 야구장이 지어졌고, 동대문의 서울야구장에는 야외 경기장으로는 처음으로 야간 조명 시설이 설치되기도 했다. 문제는 당대에 그만큼의 대중적 관심이나 국제대회 성과가 나오지 못했다는 점이다. 반대로 관중이 폭발적으로 증가하고 국제무대에서 강자로 올라서기 시작한 1970년대에는 오히려 야구에 대한 정부의 태도가 소극적으로 돌변했으며, 따라서 1980년대의 프로야구 창설과 같은 가시적 성과를 남기지 못했다는 점이었다.

최소한 1960년대에서 1980년대까지, 군대의 힘을 기반으로 권력을 장악한 대통령들의 통치 기간에 한국 사회에서 정부의 영향력은 유별나게 강했는데, 스포츠도 예외는 아니었다. 야구 역시 박정희와 전두환, 군인 출신 두 대통령의 각별한 관심과 지원 속에서 성장한 것이 사실이다.

집중 지원을 했지만 잘 기억되지 못한 박정희와 상대적으로 적은 투자에도 불구하고 상징적인 이미지를 가지게 된 전두환의 사례를 통해, 야구의 발전과 함께 권력이 맺어온 관계에 있는 단순하지 않은 맥락을 엿볼 수 있다. 한국에서 야구가 대중 문화로 발전해온 이유를 이해하기 위해 정치 권력의 동향과 더불어 선수와 팬의 변화 그리고 경제, 문화, 외교 등등의 영역들까지 두루 살펴보아야 하는 이유다.

박정희 대통령은
왜 스포츠에 주목했을까?

1960년대를 맞이하던 무렵, 식민 지배와 전쟁의 참혹함을 두루 경험한 한국인들이 '민족'이라는 단어에 민감하게 호응했던 것은 어찌 보면 당연했다. 같은 민족으로서 함께 고통받고 함께 공포에 떨고 함께 안도해온 경험은 민족이라는 공동 운명체의 위력을 실감하게 했다. 그래서 1960년 5월 16일 '조국 재건'을 약속하며 군사정변을 일으킨 이들에게 일정한 기대를 품는 이들도 적지 않았다. 그리고 3년 뒤 민정 이양을 표방하며 대통령으로 변신한 박정희가 '민족적 민주주의'를 내건 것도 그런 요구와 기대에 대한 호응이었다.

하지만 만주군 장교 출신 박정희가 이끄는 군인 집단이 이끌어갈 수 있는 민족주의는 근본적으로 친일청산과 통일을 배제할 수밖에 없었고, 남은 것은 '미래의 민족 번영에 대한 약속'뿐이었다. 그래서 국가 운영의 중심 목표가 경제 발전에 집중될 수밖에 없었으며, 좀 더 단기적이고 가시적인 성과도 필요했다. 경제 발전의 성과는 단기간 내에 가시화되기 어렵고, 아무리 폭력으로 권력을 얻었더라도 성과를 통해 대중을 납득시키지 못하고는 정권이 유지되기 어렵기 때문이다.

그래서 영광스러운 민족 이미지를 대중 앞에 당장 보여줄 방법이 필요했고, 사실상 그것이 가능한 유일한 영역이 스포츠였다. 1964년 제18회 하계 올림픽에 역대 최대 규모의 선수단을 파견한 것은 그 때문이었다.

도쿄올림픽의 도전

일본 도쿄에서 개최된 1964년 올림픽에 한국은 16개 종목 165명의 선수를 출전시켰는데, 59명의 임원과 지원 인력, 응원단, 참관단 등을 모두 포함하면 파견 총인원은 4,450명에 달했다. 그것은 4년 전인 1960년 로마올림픽에 35명, 4년 뒤인 1968년 멕시코시티올림픽에 54명의 선수를 보낸 것과는 비교할 수 없었고, 210명의 선수를 보낸 1984년 LA올림픽 이전까지 가장 큰 규모였다. 그 대회에 참가한 93개국 중에서도 5번째로 큰 파격적인 규모이기도 했다.

그 대회에 대규모 인력 파견이 이루어진 데는 몇 가지 이유가 있었다. 우선 개최지 일본이 지리적으로 가까워 비용이 적게 든다는 점, 그리고 재일동포 사회 안에서 이루어지던 남북한 체제 경쟁에서 승기를 잡기 위해서도 세계 무대에 태극기를 내거는 일이 중요했다는 점을 들 수 있었다. 하지만 더욱 중요한 것은, 충분한 지원을 하기만 하면 금메달 획득은 물론이고 세계를 놀라게 할 만한 성적을 거둘 수 있다는 자신감이 있었기 때문이다.

원로 체육인들의 증언으로 구성된 다큐멘터리들은 종종 1970년대 이전을 "배고프고 어렵던 시절, 올림픽 금메달은 꿈

1948년 런던올림픽 선수단 환송 1976년 이전까지 올림픽은 늘 열광적인 환송과 초라한 환영 행사로 열리고 닫혔다. 정부가 수립되기도 전인 1948년 7월에도 올림픽 출전 선수단이 출발하는 서울역 앞에 수십만 군중이 모여들었다. 하지만 그들이 돌아올 때는 가족과 체육회 관계자 외에는 아무도 없었다. (이 사진이 '환영식'으로 잘못 소개되기도 하지만, '환송식'이 정확한 표현이다.) ⓒ 독립기념관

도 꿀 수 없던 시절"로 묘사한다. 하지만 실제로 한국인들이 금메달을 기대하지 않았던 올림픽은 한 번도 없었다. 늘 올림픽 출전 선수단 환송식은 희망과 기대의 열기로 끓어올랐고, 과정을 전하는 언론 지면은 '참패'와 '분통'이라는 제목과 '안일한 정신 자세'를 질타하는 내용으로 도배되었으며, 초라한 귀국길엔 달걀 세례와 돌팔매질과 각종 협회 임원 총사퇴라는 씁쓸한 그림자가 자주 드리웠다.

올림픽 참가 과정을 총괄하던 대한체육회는 1948년 런던 대회 직후엔 참패의 책임을 둘러싸고 난투극을 벌였고, 1952년 헬싱키 대회와 1956년 멜버른 대회 직후에는 선수단 구성 과정의 문제와 경비 사용에 대한 진상 조사 요구를 둘러싸고 내분에 휩싸였다. 회장과 임원단의 총사퇴가 올림픽 주기에 따라 4년마다 되풀이된 것은 물론이었다.

생각해보면 당연해 보일 수밖에 없는 초라한 성적은 왜 당시 국민을 그렇게 실망하게 했을까? 무리한 기대처럼 보였던 금메달 획득을 왜 현실적인 목표로 생각하고 있었을까? 역설적으로, 너무 빨리 세계를 놀라게 했던 초창기 한국 선수들의 기적적인 활약 때문이었다.

마라톤과 역도의 기적, 그리고 언론의 허풍

우선 한국인들은 올림픽이 무엇인지 알기도 전인 1936년에 이미, 그것도 '올림픽의 꽃'이라 불리는 마라톤 종목에서 금메달(손기정)과 동메달(남승용)을 휩쓸었던 적이 있다. 특히 마라톤 종목에서는 세계를 놀라게 하는 소식이 이어졌는데, 올림픽과 더불어 가장 권위 있는 마라톤 종목의 세계 대회인 보스턴 대회에서도 1947년 우승(서윤복)에 이어 1950년 대회에서는 1, 2, 3위(함기용, 송길윤, 최윤칠)를 석권하기까지 했기 때문이다. 역도에서도 1930년대 후반부터 남수일, 김성집 같은 선수들이 세계 신기록을 세우기 시작하면서 스포츠에 대한 한국인의 자신감을 확장하기도 했는데, 그것 역시 한국인들이 '세계 신기록'이라는 개념을 미처 알기도 전에 이룬 성과였다.

마라톤과 역도에서 그렇게 빠른 성공을 이룬 원인은 나름대로 연구가 필요하지만, 최소한 한국인들이 선천적으로 세계 최강의 신체 능력을 갖추었기 때문이 아니라는 점은 자명하다. 하지만 그것이 당대 한국인의 자신감과 기대 수준을 현실과 거리가 먼 수준까지 끌어올린 것은 분명했다.

더불어 스포츠에 대한 한국인들의 기대 수준을 한없이 높인 또 하나의 원인은 언론의 허풍이었다. 한국 스포츠는 마라톤과 역도를 제외한 종목에서는 세계 수준과 상당한 격차가 있었음에도 당시 언론들은 국민적 기대감에 편승해 엉뚱한 보도를 하곤 했다. 1948년 4월 26일에는 여자 원반던지기 박봉식이 37.08m의 세계 신기록을 수립했다는 기사가 실렸고, 1952년 4월 15일에는 100km 도로 사이클 올림픽 선발전에서 4명의 선수(권익현, 임상조, 김호순, 황산웅)가, 1956년 8월 29

한국 최초의 여성 올림픽 참가자 박봉식 이화여중에 재학 중이던 박봉식은 원반던지기 세계 신기록을 수립했다는 기사를 통해 화제가 되며 올림픽 출전 기회를 얻었지만, 그 기사는 오보였고 올림픽에서의 성적도 초라했다. 하지만 그 오보 덕분에 한국 여성의 올림픽 진출이 조금이나마 앞당겨진 것도 사실이다. ⓒ 대한체육회

일 194km 도로 사이클에서는 무려 11명의 선수들이 한꺼번에 세계 신기록을 돌파했다고 보도했다. 또 1963년 11월 29일에는 역도의 원신희 선수가 인상과 용상, 합계에서 모두 비공인 세계 신기록을 수립했다는 보도도 있었다.

하지만 올림픽에서 실제로 메달권에 근접한 선수는 그중에 없었다. 박봉식은 1948년 런던올림픽에서 18위에 그쳤는데, 자기 최고 기록에 3m 이상 못 미친 부진(33.80m) 때문이기도 했지만, 애초에 개인 최고 기록인 37.08m가 세계 신기록과는 거리가 멀었다. 직전 1936년 대회 우승자 독일의 지셀라 마우어마이어Gisela Mauermayer의 기록은 이미 47.63m였으며, 박봉식의 기록 37.08m는 당시에 대입해도 6위에 불과했다. 또한 개최지마다 완전히 다른 환경에서 치러지는 장거리 도로 사이클 경기는 애초에 '세계 기록'이라

는 개념 자체가 큰 의미가 없었으며 당시 한국은 육상 마라톤 코스인 42.195km를 정확히 계측할 기술조차 없었다. 하물며 100km의 도로 사이클 구간 측정이 제대로 이루어질 수는 없었던 것이다.

따라서 무더기로 세계 신기록을 수립했다고 보도된 한국의 도로 사이클 선수들은 대부분 국내 예선과는 완전히 다른 경사도와 도로 환경, 게다가 더 먼 거리를 달려야 했던 실제 올림픽 경기에서 완주조차도 하지 못하는 결과로 이어졌다. 또한 1963년 대전고에 재학 중이던 원신희 선수의 기록은 '주니어 세계 기록'이었음에도 언론에서는 '세계 신기록'이라고 표현해 결과적으로 성과를 과장했다. 그 밖에도 통산 기록과 시즌 기록, 주니어 기록과 시니어 기록, 공인 기록과 비공인 기록을 혼동하거나 당시 세계 기록을 정확히 파악하지 못한 채 수년 전의 기록을 넘어선 것을 두고 '세계 신기록 수립'이라고 표현하는 기사들이 꽤 많았다. 그런 부정확한 보도들은 올림픽을 비롯한 국제대회 직전에 집중되었고, 대중의 기대를 한껏 부풀린 다음 무참히 깨뜨렸던 셈이 되었다.

그리고 그런 몇 가지 근거가 없거나 혹은 빈약한 자신감은 1964년 올림픽을 앞두고 다시 한번 고조되었고, 정부 역시 이에 동조했다. 1948년과 1952년 올림픽 역도 동메달리스트이며 태릉선수촌장을 지낸 김성집 선생은 당시 정부와 체육회는 자체적으로 정부 수립 이후 최초의 올림픽 금메달 획득이 가능할 것으로 판단했다고 증언했다. 복싱, 레슬링, 유도, 역도에서는 메달 획득이 가능하며 마라톤과 사격, 사이클은 상위권(6위 이상) 진입이 유력하고 축구, 농구, 배구, 승마, 수영도 예선 통과는 가능하다고 예상했다. 시차가 적어 선수들의 피로감이 적고 재일 교포 사회의 협조 아래 친숙한 식사와 편안한 휴식이 제공될 예정으며, 군사정변 이후 강화된 국가적 지원 속에 경기력이 향상되었다고 판단한 것이다.

도쿄올림픽의 실패, 그리고 방향 전환

하지만 기대와는 달리 그 대회에서 한국 선수단의 성적은 은메달 2개, 동메달 1개에 그쳤고 축구, 농구, 배구 등 국민적 관심과 기대가 높았던 구기 종목에서도 남녀를 통틀어 단 1승도 거두지 못했다. 축구 3패, 농구 9패, 여자와 남자 배구는 각각 5패와 9패였고 육상은 마라톤 11위 이상훈 외에 전원이 중도 기권하거나 예선 탈락했다. 오히려 정부 수립도 되기 전 혹은 전쟁 중에 참가했거나 며칠씩 뱃멀미에 시달리며 출전했던 이전 대회에 비해서도 부진했던 셈이다.

특히 북한의 출전이 좌절되면서 남북대결은 이루어지지 않았지만, 주최국 일본이 16개의 금메달을 따내며 종합 3위에 올라 세계적인 주목을 받은 것과 대조되면서 국내에 전해진 충격은 더욱 컸다. 대회 직후 선수들의 집에 돌이 날아드는 일이 속출했고 한국올림픽위원회KOC와 대한체육회에서부터 축

구협회, 농구협회, 배구
협회, 육상연맹 등 각 경
기단체에서 임원 총사
퇴나 회장 사임이 이어
졌다. 국회에서도 올림
픽 대표팀의 부진에 대
한 질타가 이어졌는데,
특히 야당 의원들은 선
수단 규모에 비해 성적
이 저조했다는 점과 마
라톤 종목 선수들이 중
도에 포기한 점, 그리고
구기 종목에서 단 1승도
거두지 못한 점을 비판
했고 답변에 나선 문교
부 장관도 선수들의 체

손기정 1936년 베를린올림픽 마라톤 금메달리
스트 손기정. 그의 금메달은 한국인들이 올림픽
이 무엇인지 제대로 알기도 전에 이룬 기적이었
고, 동시에 1992년 이전까지 올림픽 선수단 귀국
때마다 한국인 마라토너들이 고개를 들 수 없게
한 이유였다. ⓒ 국가기록원

력과 정신력이 부족했고 정보도 부족했다며 인정하기도 했다.

1964년 도쿄올림픽은 스포츠에서 세계를 제패하는 모습을
통해 영광스러운 민족의 미래를 앞당겨 보여주려 했던 박정희
정권의 승부수였지만, 그 승부수는 완벽한 실패로 끝났다. 하
지만 스포츠는 여전히 경제력 향상에 비해 쉽고 빠르게 가시
적인 성과를 만들 수 있는 영역이었고, 특히 국가 대항전은 전
쟁보다 안전하면서도 그에 못지않게 전 국민을 하나로 결속시

켜 에너지를 응집시키고 정치적 비판 의식은 무마할 수 있는 매력적인 통치 전술이었다.

그래서 박정희 정권의 다음 순서는 두 가지 경로로 이어졌다. 하나는 올림픽에서 금메달을 따는 선수를 배출하기 위한 중장기 계획으로 태릉선수촌 건설과 과학적 훈련 방식 도입이었고, 또 하나는 당장 혹은 단기간 내에 세계를 제패하는 모습을 연출할 수 있는 또 다른 스포츠 이벤트를 모색하는 일이었는데, 그중에 프로레슬링과 프로복싱이 있었다.

1964년 가을, 중앙정보부 요원이 일본으로 파견돼 스타 프로레슬러 김일을 접촉했고, 1965년 가을에는 박정희 대통령이 대한중석 사장 박태준에게 김기수를 지원해 세계 챔피언을 만들 것을 지시했다. 그들의 무대가 될 장충체육관은 1963년 2월에 개장해 준비를 마쳐두고 있었다. 1965년과 1966년, 프로레슬링과 프로복싱에서 '한국인 세계 챔피언'이 탄생하게 된 배경이다.

고교생들의 야구는
어떻게 김일의 프로레슬링을 이겼을까?

'일본 프로레슬링의 아버지' 역도산의 문하에서 성장해 일본 프로레슬링의 차세대 주역으로 떠오르던 김일이 한국에서 온 중앙정보부 요원을 만난 것은 1964년 6월이었다. 그때 조국에서 정부의 지원 아래 프로레슬링 흥행을 이끌어보라는 제안을 받은 김일은 얼마 뒤 귀국해 중앙정보부 차장 이병두를 만나 수락의 뜻을 전했고, 곧 청와대로 초청돼 박정희 대통령을 접견했다.

그리고 이듬해 1965년 7월에 귀국한 그는 8월 6일과 7일 이틀 동안 서울 장충체육관에서 일본의 우에다 · 요시무라 · 요시노 · 나가사와, 한국의 장영철 · 천규덕 등과 토너먼트 형식으로 치른 프로레슬링 극동 헤비급 타이틀전에서 우승하며 초

박치기왕 김일 역도산의 제자로, 일본 프로레슬링 무대에서 '원폭 박치기'라는 별명으로 이름을 날리던 김일은 1960년대 중반부터 1970년대 초반까지 한국 프로레슬링의 전성기를 이끌었다. ⓒ 대한체육회 (스포츠 영웅)

대 챔피언에 등극했다.

미국과 일본을 아우르는 세계적인 프로레슬링 네트워크와 연결되어 있던 김일은 이후 미국과 일본의 유명 프로레슬러들을 악역으로 초청해 갖은 반칙에도 불구하고 극적인 박치기 한 방으로 응징하는 역전승을 거듭했다. 그러면서 그는 장충체육관에서뿐만 아니라 TV와 라디오를 통해 조금씩 늘어가던 대중 사회에서 스타로 떠올랐으며, 특히 '세계 최강의 사나이'이자 일본을 혼내주고 서양인에 대한 콤플렉스를 씻어주는 민족적 영웅으로 자리 잡았다.

프로복싱에서도 비슷한 과정이 반복됐다. 1965년 대한중석 사장 박태준을 부른 박정희는 '프로복싱 세계 챔피언'을 하나 만들어볼 것을 지시했고, 박태준은 1958년 도쿄 아시안게임 금메달리스트 출신, 프로복싱 동양 챔피언 김기수를 위해 신설동에 체육관을 지어주고 훈련비와 생활비 일체를 지원했다.

이어 WBA 주니어 미들급 세계 챔피언 니노 벤베누티를 서울로 불러 김기수와 경기를 치르게 하며 대전료 5만 5천 달러까지 대납했다. 1인당 국민 소득 120달러 시대에 5만 5천 달러는 내는 쪽에서도 거액이었지만 받는 쪽에서도 '이탈리아 역사상 최고액의 대전료 수입'으로 기록될 만큼 거액이었다.

그날 경기에서 김기수는 15회까지 분투했고, 안방의 이점을 등에 업고 2대 1 판정승을 거두며 최초의 한국인 프로복싱 세계 챔피언이 되는 데 성공했다. 승리가 확정된 순간 김기수는 벨트를 움켜쥔 채 귀빈석으로 뛰어올랐고, 대통령의 허리에 직접 챔피언 벨트를 감고 부둥켜안았다.

세계 최강의 사나이가 필요했던 시절

특별히 1966년 6월 25일로 맞춘 날짜에 박정희 대통령과 박태준 사장이 직접 장충체육관을 찾아 관전하기로 한 그 경기가 단군 이래 최대 관심이 집중된 스포츠 이벤트가 된 것은 당연했다. 그래서 경기 주관사가 방송 중계권료로 호기롭게 1천만 원을 부르고 방송국들이 80만 원 이상은 어렵다고 버티면서 팽팽하게 대립하는 와중에 '이렇게 중요한 경기를 TV로 중계방송하지 않는 것은 국민에 대한 배신행위'라는 대통령 발언이 전해졌고, 중계권료는 단돈 2만 원에 낙찰되고 말았다. 그 경기가 대흥행한 것은 당연했지만, 주관사는 경기 직후 파산하고 말았다.

프로레슬링과 프로복싱이 대중을 열광시킨 것은 당연했다. 힘과 기술을 동원해 상대를 때려눕히는 경기 방식은 지극히 직관적이었으며, 훨씬 강해 보이는 거만한 서양인과 일본인을 이겨내며 민족적 자긍심을 고취한다는 배후의 의미 구조 역시 단순 명쾌했다.

게다가 정부의 전폭적인 지원을 통해 스타플레이어, 경기, 중계방송도 충분히 공급되었다. 프로복싱과 프로레슬링 경기가 벌어지는 날이면 장충체육관 일대가 대혼잡을 빚었고, TV와 라디오 앞에는 온 동네 사람들이 모여들어 작은 극장을 이

주연배우 김기수 대통령과 정부의 전폭적인 지원을 등에 업고 한국인 최초의 프로복싱 세계 챔피언이 된 김기수. 그는 김기영 감독이 연출한 영화 「내 주먹을 사라」에서 당대 최고의 여배우 김지미와 함께 주연을 맡으면서 세계 챔피언에 오른 뒤 영화배우로 데뷔하는 루트를 개척했다. ⓒ 한국영상자료원(영화 영상 캡처)

루었다.

그에 비해 야구가 가진 매력은 보잘것 없었다. 규칙은 어렵고 경기 방식은 난해하기에 제대로 즐기려면 학습 과정이 꼭 필요했다. 인터넷도 없고 야구 관련 책이나 잡지도 없던 시절, 야구라는 종목에 관해 설명해줄 만한 '동네 형들'도 대부분 각 지역을 대표하는 명문학교 출신뿐이라 공부하느라 바빠서 만나기 쉽지 않았다.

게다가 경기는 길었고, 중계방송은 흔치 않았으며, 라디오 중계방송을 통해 말로 하는 설명으로는 경기 양상을 상상하기도 쉽지 않았다. 싸우는 상대 역시 경북고 아니면 선린상고, 인천고 아니면 경남고 식이라 그 학교를 졸업한 가족이라도 있지 않은 한 굳이 시간과 마음을 들여 응원할 이유도 없었으며, 최소한 일본 놈, 서양 놈 쥐어패는 재미와는 비교할 수 없었다.

복싱과 레슬링을 밀어낸 야구

하지만 1970년대 초, 고교 야구의 인기가 프로레슬링과 프로복싱을 압도하는 대반전이 나타나기 시작했다. 1960년대 중반과 1970년대 중반 사이의 10여 년간 고교야구대회의 입장객 수는 서너 배씩 증가했다.

고교 야구 소식에 대한 수요도 폭발적으로 확장되면서 최초의 스포츠 전문지로 1969년 창간 당시 2만 부를 발간하던 『일간스포츠』가 1976년에는 80만 부를 찍어낼 정도로 팽창했다. 각 종합 일간지의 스포츠면 비중도 꾸준히 확대되었다. 각종 설문 조사에서 야구가 처음으로 최고 인기 종목으로 올라섰으며, 중계방송 빈도 역시 프로복싱과 프로레슬링을 넘어섰다.

"프로레슬링은 쇼"라는 발언으로 프로레슬링이 몰락했기 때문이 아니었다. 프로복싱에서 더 이상 세계 챔피언이 배출되지 못했기 때문도 아니었다. 물론 일본과 서양에 대한 한국인의 열등감이 모두 해소됐기 때문도 아니었다.

국내파 프로레슬러 장영철이 "프로레슬링은 쇼"라는 발언을 했던 것은 김일이 귀국한 직후인 1965년 11월이었고, 김일의 전설적인 국내 활동이 이어진 것은 대부분 그 후의 일이었다. 프로복싱에서는 김기수의 챔피언 등극을 지켜보며 복싱에 입문한 '김기수 세대'들이 1970년대 중반부터 본격적으로 챔피언 타이틀을 수확하기 시작했는데, 1974년 홍수환(WBA 밴텀급), 1975년 유제두(WBA 주니어미들급), 1976년 염동균(WBC 슈퍼밴텀급), 1978년 김성준(WBC 라이트플라이급), 1978년 김상현(WBA 슈퍼라이트급), 1979년 박찬희(WBC 플라이급) 등이었다.

사실 프로레슬링과 프로복싱은 1970년대까지 꾸준한 인기를 누렸다. 세대교체와 후진 양성에 성공한 프로복싱과, 김일 한 명이 나이 들어가면서 노쇠한 프로레슬링 사이의 차이가 있긴 했지만, 극적인 몰락이 있었던 것은 아니다.

다만 1960년대 중반의 압도적이고 절대적인 지위를 조금씩 잃어갔을 뿐이고, 그것은 스포츠의 다른 영역에서 이루어진 성장과 대비한 것일 뿐이었다. 말하자면 고교 야구의 급격한 부상 외에도 세계 선수권 대회와 올림픽에서 본격적으로 금메달리스트가 나오기 시작했기 때문이었다.

강력한 폭발력, 지역 대결 구도

그렇다면 야구로 국민적인 관심이 옮겨가기 시작한 이유는 무엇이었을까? 경기 방식이 난해하고 애국심을 끓어오르게 만드는 계기도 약한 데다가 특히 실업야구에 비해 기술 수준도 높지 못한 고교 야구에 집중적인 관심이 쏟아진 이유는 무엇이었을까?

간단히 말하자면, 대한민국을 대표해 일본과 서양을 쥐어패는 것보다도 더 재미있고 더 깊숙이 몰입하게 만드는 대결 구도가 고교 야구에서 발견되었기 때문이다. 바로, 지역 대결 구도였다.

1960년대 중반 이후 경제 개발 과정에서 영남 지역에 집중된 공업 시설들은 호남 지역과의 경제적 격차를 확대했고, 박정희와 김대중이 혈전을 벌인 1971년 대통령 선거는 그 격차를 정치적 경쟁의식으로 구조화했다. 일본이나 서양과의 경쟁의식이 과거 기억에서 비롯되는 상징적인 것이었다면, 지역

군산상고의 개선 1972년 황금사자기 고교야구대회 결승전에서 극적인 9회 말 역전승을 거두며 전후 호남지역 학교 최초의 전국 대회 우승을 이룬 군산상고 야구부가 군산 시내를 개선 행진하고 있다. 그 사건은 호남 전체를 열광시켰고, 야구의 지역 대결 구도를 완성했다.
© 오성자(최관수 감독 부인) 제공

간의 경쟁의식은 현실적 이해관계에 기반한 것이었고, 따라서 더욱 강력한 폭발력이 있었다.

　문제는 그런 지역 간 경쟁의식이 드러날 만한 대리전 무대가 마땅치 않다는 점이었고, 1960년대까지는 야구 역시 예외는 아니었다. 야구는 서울과 인천, 부산과 대구를 중심으로 발전해온 스포츠였고, 결정적으로 전쟁 이후 야구의 맥이 끊어진 호남 지역에서는 소외되었던 종목이었기 때문이다.

　그런 점에서 1972년 7월, 전북 지역 소도시의 이름 없는 상업고등학교가 황금사자기 고교야구대회를 제패한 사건은 잘 마른 장작 위에 던져진 불씨와 같았다. 호남 야구의 부활은 곧 야구의 전국화를 의미했고, 그것은 동시에 야구를 통한 지역 간 대결 구도의 완성이었기 때문이다.

'역전의 명수'는 무엇을 뒤집었을까?

1972년 7월 19일 밤 동대문 서울운동장에서 열린 황금사자기 고교야구대회 결승전에서 부산고와 군산상고가 만났다. 당시 부산고는 1962년 청룡기 대회에서 처음 우승하는 것을 시작으로, 1963년 청룡기, 1965년과 1966년 황금사자기, 1971년 대통령기 대회에서 준우승하며 부산 지역 내에서 경남고의 아성에 도전하는 신흥 강호였다. 그에 비해 1968년에 창단한 신생팀 군산상고는 한 해 전 1971년 전국체전에서 우승한 적이 있긴 했지만, 이른바 '4대 전국 대회'(청룡기, 황금사자기, 대통령배, 봉황기) 결승 진출은 처음이었다.

준준결승과 준결승에서 전통의 강호 인천고와 경남고를 꺾고 올라온 군산상고의 기세가 심상치 않았지만, 전년도 4대

고교 야구의 폭발적 성장 1980년 황금사자기 고교야구대회 본선 경기에 입장하기 위해 몰려든 인파 ⓒ 황금사자기 고교야구대회 홈페이지

대회를 모두 휩쓴 경북고를 준준결승에서 완봉으로 누른 데 이어 준결승에서는 역시 다크호스로 꼽히던 마산상고까지 꺾

으며 결승에 진출한 부산고의 예봉을 꺾을 정도는 아니었다. 인천고와 경남고가 40년대와 50년대를 대표하는 강팀이었다면 경북고는 1960년대 이후 절대강자로 군림하던 팀이었다. 야구부 전통으로

황금사자기 우승기 1947년에 창설된 황금사자기 고교야구대회는 1972년 전후 최초로 호남에 소재한 군산상고가 극적인 역전우승을 거둔 것을 계기로 한국에서 야구가 최고의 인기종목으로 올라서는 무대가 되었다. ⓒ 김은식

보나 전국 대회 경험으로 보나 부산고가 밀릴 것이 없었다.

게다가 군산상고는 에이스 김봉연이 대회 직전 투구 폼 변화를 시도하다가 어깨에 이상을 느끼면서 제대로 던질 수 없는 상태였고, 그를 대신한 투수 송상복마저 대회 대부분 경기를 완투하다시피 했기 때문에 이미 지칠 대로 지친 상태였다. 부산고 편기철도 많이 던진 것 같았지만, 그는 어쨌거나 강팀의 첫 번째 투수였다. 반면 선수층이 얇을 수밖에 없었던 신생팀 군산상고는 전국 대회 결승전에 내보낼 만한 세 번째 투수가 있을 리 없었다. 그런 점에서 부산고의 두 번째 전국 제패를 의심하는 이들은 많지 않았다.

예상 밖의 집념

하지만 경기는 생각보다 팽팽하게 흘러갔다. 1회 말에 군산상고가 1점을 선취하고 3회 초에 부산고가 1점을 만회한 뒤 8회까지 균형이 이어졌다. 그러나 8회 초 피로가 누적된 군산상고 투수 송상복의 구위에 이상이 감지됐고, 부산고 선두 타자 김현동의 우전 안타를 시작으로 무려 6안타가 집중되며 3점이 만들어졌다.

경기 후반에, 객관적 전력이 앞선 팀에게 얻어맞은 집중타와 대량 실점은 더욱 부담스러울 수밖에 없다. '어쩌면 이길 수 있을지도 모른다'라며 간신히 버텨온 희망에 된서리가 내리며 몸도 마음도 급격히 무거워지기 때문이다. 8회 말 군산상고의 반격 시도는 3자 범퇴로 허망하게 끝났고, 9회 말 마지막 공격이 시작될 때 점수는 4대 1이었다.

동대문 야구장 조명탑 1963년 아시아 야구선수권대회 우승을 계기로 세워진 동대문 야구장의 조명탑. 1972년 황금사자기 고교야구대회 결승전은 당시로선 드물게 야간 경기로 이루어졌고, TV를 통해 전국에 생중계되었다. ⓒ 국가기록원

누구나 '역부족'이라는 말을 떠올릴 만한 상황에서 군산상고가 뜻밖의 힘을 냈다. 6번 선두타자 김우근이 풀카운트 승부 끝에 깨끗한 우전 안타를 치고 나가며 희망의 불씨를 피웠고 7번 조양연의 내야 뜬공 때 2루를 파고들었다. 한 점의 가능성을 높이는 일이 큰 의미를 갖기 어려운 마지막 이닝, 3점 차 상황에서도 한 베이스를 전진하기 위해 모험을 마다하지 않는 김우근의 질주가 그 순간 군상상고 벤치의 분위기를 대변했다.

국가대표 에이스 출신의 최관수 감독은 흔들림 없는 모습으로 '끝까지 집중'을 외쳤고 야구부장으로 동행한 상업 교사 송경섭은 타석으로 향하는 선수들 한 명 한 명을 잡고 어깨를 두드리며 '너만 살아나가면 돼'를 되풀이해 속삭였다.

선수들은 고개를 끄덕이며 파이팅을 외치면서 타석으로 향했고, 집요하게 공을 고르며 물고 늘어졌다. 그날 2타수 무안타에 그쳤던 8번 3루수 정효영의 타석에서 최관수 감독은 고병석을 대타로 기용했다. 부산고는 초구부터 볼을 던진 편기철을 잠시 우익수로 빼고 원 포인트 릴리프로 조규표를 투입하며 맞불을 놓았다.

그런데 갑자기 마운드에 오른 구원 투수 역시 압박감을 이겨내지 못하고 볼을 연발한 끝에 결국 볼넷을 허용했다. 주자는 1사 1, 2루. 대개 이런 막다른 길에서 그 순간의 압박감을 감당할 수 있는 것은, 이미 소진되었을망정 그 순간까지 이끌어온 에이스뿐이다. 훗날 1982년과 1984년 한국시리즈에서 이선희와 김일융이 그랬던 것처럼 말이다.

그래서 부산고의 선택 역시 다시 편기철이었다. 느린 커브볼을 주 무기로 경북고를 완봉하며 그 대회 최고 투수로 떠올랐던 편기철 역시 연일 계속된 투구로 한계 상황에 이르고 있었다. 그리고 그 순간, 그를 마운드와 우익수 위치를 오가게 한 변칙적 기용은 결과적으로 악수로 드러났다.

마운드로 돌아온 뒤 더욱 심하게 흔들린 편기철은 9번 송상복에게 볼넷을 내주며 만루를 만들었고, 1번 김일권은 몸쪽 공을 피하지 않고 맞으며 밀어내기로 한 점을 만들어냈다. 더 이상 물러설 곳이 없게 된 편기철의 정면 승부를 기다리듯 걸어낸 2번 양기탁의 중전 안타로 두 명의 주자가 홈을 밟으며 4대 4 동점이 만들어졌고, 결국 3번 김준환이 극적인 역전 끝내기 안타의 주인공이 됐다.

제26회 황금사자기 결승전 우승이 확정되는 순간 환호하는 군산상고 선수들(1972) ⓒ 군산
상고

　김준환이 투 스트라이크로 몰린 채 때려낸 좌전 안타는 2루
주자를 홈으로 불러들이기엔 조금 짧았지만, 마음이 급했던
부산고 3루수 김문희가 주자 양기탁을 피하지 못하고 몸을 겹
쳐 주루 방해 판정을 받으면서 그 전설적인 경기에 마침표가
찍혔다. 5대 4. 종전 이후 호남 지역 학교가 전국 대회에서 처
음으로 우승한 사건이었다.

동대문에서 군산으로, 군산에서 전국으로

　그 순간 서울운동장은 아수라장이 됐다. 전국 대회 결승전 진
출 소식에 고속버스를 타고 상경한 군산 시민과 서울의 호남

출신 응원단들이 펜스를 넘어 몰려들어 선수들을 부둥켜안기 시작했고 뒤이어 분노한 부산고 응원단 그리고 또 이런저런 감정으로 경기를 지켜보던 관객들이 모두 그라운드로 몰려나와 이리 엉키고 저리 엉켰다.

그 와중에 한참이나 그라운드에서 기쁨을 만끽한 군산상고 선수들이 더그아웃으로 돌아왔을 때는 수년간 길들여온 글러브를 비롯한 야구용품들이 몽땅 사라져버려 다음 대회 출전이 곤란할 정도였다.

아수라장이 된 것은 서울운동장만이 아니었다. 군산 시내

경성고무 군산공장 사장 이용일 이용일(가운데 양복 입은 이)이 한국 야구사에 남긴 족적은 크다. 서울상대 야구팀 출신인 그는 육군 야구부의 창설과 운영에 이바지한 데 이어 군산상고 야구부 창설을 후원했고, 훗날 한국 프로야구 창설을 주도하기도 했다. 특히 군산상고 야구부는 그가 창설 작업부터 지도자 주선, 선수단 숙식, 졸업생 취업 알선까지 직접 챙기는 가운데 빠르게 강팀으로 부상할 수 있었다. ⓒ 오성자(최관수 감독 부인) 제공

도대체 우리는 왜 야구를 보는가?

거리 곳곳에서 만세 함성이 터져 나왔고 부산에서는 경기 중계방송을 틀어놓은 다방 TV를 향해, 마시던 커피잔을 집어 던진 이야기가 회자되었다. 아주 오랜만에 군산 그리고 호남의 이름으로 전국 제패를 경험한 군산 시민과 호남인들의 열광은 당연했고, 그런 열광은 역설적으로 패배한 상대방에게도 '부산 야구'라는 공감대를 만들었다.

고교 야구를 통해 지역이 뭉치고 고취될 수 있다는 인식은 빠르게 다른 지역들로 번져나갔다. 전남 지역 언론계의 중심인물이던 김종태는 군산상고의 후원자 이용일을 찾아가 조언을 구한 뒤 광주상고와 진흥고, 동신고 야구부 창단 작업을 주도했다.

박정희 정권 야구계의 최고 실력자였던 김종락 역시 뒤늦게 자신의 모교인 공주고 야구부 재창단을 후원했다. 천안에서도 한국화약 그룹 김종희 회장이 북일고에 야구부를 만들어 전국에서 우수한 중학생 선수들을 적극적으로 스카우트해 빠르게 전력을 강화했다.

그 결과 50년대와 60년대를 통틀어 단 한 번도 4대 전국 대회 우승팀을 배출하지 못했던 호남과 충청권은 1970년대에만 각각 11번과 2번 우승컵을 가져가며 당당한 대항 세력으로 자리 잡기 시작했다.

1960년대까지 실질적으로 서울과 인천, 대구와 부산의 4대 도시를 대표하는 명문학교들의 대항전 성격에 머물던 고교 야구가 호남과 충청권이 가세하며 해마다 최소한 4차례 반복되며 어느 쪽에든 대등한 승리와 설욕 기회가 주어지는 흥미진진한 지역 대결 무대로 떠올랐던 것이다.

고교 야구팀과 지역 연대감을 더욱 확대하고 강화한 것은 카퍼레이드였다. 해방 직후부터 주로 국제무대에서 큰 성과를 거두어 국위를 선양하고 국민적인 자긍심을 고취한 인물이 무개차를 타고 시가지를 가로지르며 시민들의 축하와 환대를 받는 행사가 카퍼레이드였다. 경찰의 협조 아래 중심 도로의 교통을 통제해야 하고 많은 시민의 참여도 필요하기에 일개 고등학교 선수들의 승리로 카퍼레이드를 벌이기는 쉽지 않았다.

당시 스포츠계에서는 1947년 보스턴 마라톤 대회 우승자 서윤복 선수 이래 아시아 야구선수권대회에서 우승한 야구 대표팀(1963)과 한국 최초의 프로복싱 세계 챔피언 김기수(1966), 세계 여자농구 선수권 대회에서 준우승한 여자농구 대표팀(1967) 등이 누린 영광이었다.

그런데 1970년대에는 전국 대회에서 우승한 고교 야구팀들을 위한 카퍼레이드가 각 지역에서 열리기 시작했다.

카퍼레이드의 시대

1972년 황금사자기의 대역전극 이틀 뒤인 7월 21일 오후, 군산상고 야구부 선수들은 전주의 전북도청에 도착해 도지사가 주관하는 도민 환영 대회에 참석한 뒤 35사단에서 제공한 지프 차량에 나누어 타고 이리(익산)의 공설 운동장까지 행진했고, 그곳에서 다시 한번 환영 행사를 치른 다음 군산까지 행진하며 시내 곳곳을 순회했다.

그리고 군산초등학교 운동장과 군산시청 앞에서 열린 시민 환영 대회에 차례로 참석한 뒤 군산상고로 돌아가 재학생과 동문의 환영을 받았다. 45km 도로에서 계속 이어진 행사에 참여한 시민 수는 군산에서만 7만여 명이었다. 당시 군산시 인구는 12만 명에 불과했다.

그 뒤로 각 지역에서는 전국 대회에서 우승한 지역 내 학교 선수들을 환영하기 위해 경쟁적으로 카퍼레이드를 비롯한 대규모 시민 환영 행사를 벌였다. 1973년에는 28회 청룡기

카퍼레이드 전후 호남 최초의 전국 대회 우승을 이룬 군산상고는 전주와 이리(익산), 군산을 잇는 45km의 도로를 무개차 위에서 행진했고 열광적인 환영을 받았다. 고교 야구, 나아가 야구가 지역과 일체화된 과정이었다. ⓒ 오성자 (최관수 감독 부인) 제공

를 차지한 경남고 선수들이 부산역에서 학교까지 카퍼레이드를 했으며, 1977년 11회 대통령배 대회에서 충청권 최초로 우승한 공주고 역시 대대적인 시민 환영 대회와 도민 환영 대회에 참석한 뒤 무개차에 올라 '개선 행진'을 했다. 또한 한국화약 그룹이 운영하던 북일고가 봉황기 대회에서 처음 우승했던 1980년에는, 모기업이 제공한 화약을 활용해 천안 시내에 대대적인 불꽃놀이가 벌어지기도 했다.

그런 과정을 통해 고교 야구 선수들과 지역민들 사이에는 강한 일체감이 형성되었으며, 각 지역민 사이에는 경쟁의식이 고조되었다. 대결 의식은 고조되었지만, 실제로 싸울 수는 없었던, 그래서 적당한 대리 표출이 필요했던 각 지역민의 가슴 속으로 고교 야구가 깊숙이 파고드는 과정이었다.

그렇게 만들어진 야구와 한국인의 공감과 대결 의식이 쌓여 십여 년 뒤 프로야구가 만들어지고 흥행하면서 '국민 스포츠'라는 이름을 얻게 되었다.

3부

한국 야구는 언제부터
강해졌을까?

야구로 밥벌이하는 선수들은
언제부터 나타났을까?

프로야구가 창설되기 전까지 성인 야구의 중심 무대였던 실업 야구가 본격적으로 시작된 것은 1960년대 초반이다. 역사를 따지자면 8개 팀이 모여 '한성 실업야구 연맹'을 결성한 해방 직후까지 올라가지만, 전쟁과 정치적 격변기를 거치며 해체와 통폐합을 반복한 끝에 5·16 군사정변 직전인 1960년에는, 농업은행(농협)과 남선전기 2개 팀이 명맥을 유지하는 수준에 그치고 있었다.

하지만 1960년대 초반 실업야구팀들이 급격히 늘어났고, 1964년부터는 페넌트 레이스pennant race 제도가 도입되었다. 그때부터 비정기적인 단기 대회나 친선 교류 경기 형식으로 운영되던 실업야구가 일상적인 경기 일정이 잡히기 시작했

고, 선수들도 대회 직전 며칠만 연습하는 것이 아니라 최소한
몇 년간은 야구장으로 출근하고 야구장에서 퇴근하는 생활을
했다.

실업야구의 경기 기록이 공식적으로 관리되고 집계된 것도
그때부터였다. 연도별 경기 기록과 개인 기록이 확인되는 것
도 그 시점 이후부터인데, 예컨대 이영민에 이어 해방 이후 한
국 야구에서 제1대와 2대 홈런왕으로 불리는 박현식과 김응
용의 통산 홈런 기록이 '100개 이상' 정도로 어림 짐작되는 수
밖에 없는 것은 그들이 그 이전부터 선수 생활을 시작했기 때
문이다.

1963년 아시아 야구선수권대회 우승

그렇다면 1960년대 초에 갑자기 실업야구 창단 붐이 일어났
던 이유는 무엇이었을까? 당시 국가대표팀에서 3, 4번 타자를
맡았고 훗날 프로야구에서 명감독으로 이름을 날린 한국 야구
의 대표적인 원로 박영길, 김응용은 1963년 서울에서 열린 아
시아 야구선수권대회 우승을 결정적인 계기로 꼽았다.

그때 아시아 야구선수권대회 한일전이 대단한 관심사였어. 반
일 감정이 심하던 때니까. 그런데 1963년에 우리가 일본을 이
기고 우승하면서 야구 붐이 크게 일어났다고. 그래서 실업팀들

이 많이 생겼고, 페넌트 레이스 제도를 도입할 수 있게 된 거야.
_박영길 전 롯데 자이언츠 감독

1963년 아시아 야구선수권대회에서 일본을 예선에서 한 번 이기고 결승에서 또 이겼다고. 그래서 처음으로 우승을 하니까 난리가 났지. 대회 마치고 선수들 다 장충단 공관에 가서 박정희 (최고회의) 의장을 만났지. 그 영향으로 실업야구가 제대로 시작된 거지. _김응용 전 해태 타이거즈 감독

아시아 야구선수권대회 우승은 대단한 화제였다. 아시아권 대회긴 했지만 단체 종목 역사상 첫 국제대회 우승이었고, 그것도 그 이전까지 한 차례도 이겨보지 못했던 일본을 상대로 2전 2승을 거두며 이룬 성과였다.

선수단은 대회 직후 서울 시내에서 카퍼레이드를 벌이며 시민들의 환호를 받았고, 민정 이양을 선언하고 대통령 선거에 출마한 박정희 최고회의 의장은 공관으로 초대한 선수들에게 동대문 서울야구장에 국내 최초로 야외 야간 조명 시설을 만들어줄 것을 약속했다. 비인기 종목이었고, 지역과 계층이 편중되어 있던 야구가 전 국민적인 관심을 받은 최초의 순간이기도 했다.

하지만 그 사건은 무대 위에서 직접 집중 조명을 받았던 두 원로 감독의 기억 속에서 조금은 부풀려져 있었던 것으로 보인다. 1962년 시즌 전에 4개, 후에는 8개의 국영 기업과 공공

1963년 아시아 야구선수권대회 우승 1963년 아시아 야구선수권대회에서 우승한 한국 팀 주장 박현식이 트로피를 받고 있다. 1950년대 홈런왕으로 알려진 박현식의 정확한 홈런 개수는 확인되지 않는다. 실업야구 기록이 제대로 관리되기 시작한 것이 1964년부터이기 때문이다. 가족과 후배들은 그의 홈런 수를 '100개 이상'으로 추정할 뿐이다. ⓒ 대한뉴스 437호 캡처

기관이 야구팀을 창단하면서 한국 야구 대표팀이 사상 처음으로 일본을 누르고 아시아 야구선수권대회를 제패했던 1963년 9월에는 이미 실업야구팀 14개가 리그에 참가하고 있었기 때문이다.

은행 야구팀 창단 붐

실업야구팀 창단 작업을 주도한 것은 한일은행 전무 김종락이었다. 그는 5·16 군사정변의 설계자인 김종필의 친형이기도

했지만, 자신이 군사정변 주도 세력의 일원이기도 했다. 1960년 5월 한일은행 대리로 근무하고 있던 그는, 직접 자금을 마련해 군사정변의 '운영자금' 대부분을 조달했고, 아내를 일본의 친정에 보내두고 자신의 빈집을 정변 모의 장소로 제공하기도 했다. 그 공로로 그는 5·16 직후 건국 2등 훈장을 받고 은행에서도 불과 두 달 만에 대리에서 이사로 승진하면서 금융권 최고의 실력자로 자리 잡았다.

그런 그가 각 은행장을 만나 실업야구팀 창단을 권유했고, 정부는 창단 팀에 1년 치 운영비에 해당하는 60만 원의 지원금을 약속했다. 정부가 움직일 수 있는 기관 중 당장 야구단

김성근과 최관수 1960년대 초반 실업야구의 팽창은 전업 야구 선수 집단을 형성했다. 야구로 먹고살 길을 찾아 귀국한 재일동포 김성근(왼쪽)과 고교 시절 국가대표팀에 선발됐던 천재 투수 최관수(오른쪽)는 실업팀 기업은행에서 함께 뛰었고, 훗날 각각 프로야구와 고교 야구의 전설적인 지도자가 되었다. ⓒ 오성자(최관수 감독 부인) 제공

하나씩을 꾸릴 만한 재정적 여유를 가진 데가 은행이었으며, 군사정변 직후 국유화된 시중은행들은 정부의 친절한 권유를 물리칠 이유가 없었다.

그리고 주요 은행의 의사 결정 구조 안에 일제 강점기부터 야구부 전통이 강했던 명문 상업 고등학교(선린상고, 부산상고, 대구상고, 경남상고 등) 출신들이 대거 포진하고 있었다는 점과 각 지역 명문학교 출신 유력 인사들과의 예금 및 대출 상담이 주 업무였던 은행들로서는 야구단 운영이 경영에도 도움이 된다는 점에서도 거부감이 적었다.

말하자면, 실업 스포츠를 확대하고자 한 군사 정부의 의도와 국유화된 은행 상황 그리고 은행을 둘러싸고 포진해 있으면서 일제 강점기부터 야구 전통이 강했던 명문학교 출신들의 문화적 친화성이 맞물리면서 은행 실업야구팀 창단은 빠른 속도로 이루어졌다. 그리고 그런 야구 진흥의 분위기와 때맞추어 서울에서 아시아 야구선수권대회가 열렸고, 야구에 우호적인 상황 전개를 주목하고 대거 귀국한 재일동포 출신 야구인들의 기여가 맞물리며 그 대회에서 좋은 성적을 거둠으로써 상승효과가 나타났던 것이다.

야구를 통한 은행 취업의 꿈

하지만 더 중요한 파급 효과는 그 이후에 나타났다. 주요 은행들이 일제히 실업야구팀을 창단했다는 것은 야구를 통해 은행에 취업할 가능성이 커졌다는 의미이기도 했다. 1960년대 은행은 대기업보다 더 많은 월급을 받을 수 있는 최고의 인기 직장이었다. 해외 원조와 차관 등에 대한 의존도가 높던 시절, 자본 공급이 정부 통제하에서 은행들을 통해 이루어졌기 때문이다. 이 때문에 가난한 수재들이 몰리던 각 지역 명문 상업고등학교 학생 대부분의 목표는 은행 취업이었다.

예컨대 1964년 은행의 고졸 사원 공개 채용에서 실질 경쟁률은 20대 1에 달했으며, 각 은행의 1차 필기시험 합격자 명단이 신문에 게재되었을 정도였다. 선린상고나 덕수상고 같은 최상위권 상업고등학교를 제외하면, 지방의 후발 상업고등학교에서는 전교 최상위권 성적을 얻어야만 은행 입사가 가능했다.

그런데 1964년 이후 6개 시중 은행에서만 연간 20명 정도를 '야구 특기자'로 채용했고, 이는 국내 10대 은행 전체 연간 고졸 사원 채용 인원인 550명의 대략 5% 안팎에 해당하는 적지 않은 규모였다. 은행 취업을 위해 야구에 입문하는 일은 충분히 타당한 선택이었다.

제가 야구 시작할 때 목표는 하나였죠. 전국 대회에서 활약해서 이름을 알리고 은행에 취업하는 것. 그때는 다들 그랬어요. 은행에 취업하는 게 최고의 진로였으니까. 제가 군산상고로 진학한 것도 그래서였죠. _김성한, 전 기아 타이거즈 감독

군산상고의 우승 카퍼레이드 1972년 황금사자기 고교야구대회에서 우승한 군산상고의 군산 시내 카퍼레이드. 지방의 작은 학교 군산상고는 야구로 전국적인 명성을 얻었고, 동시에 은행에 취업하는 졸업생들을 대거 배출하기 시작했다. ⓒ 오성자(최관수 감독 부인) 제공

은행들의 실업야구팀 창단이 발표된 1962년 겨울, 동대문 상고(현 청원고)가 특별 활동반으로 운영하던 연식 야구팀을 정식 야구부로 전환했고, 1963년에는 마산상고(현 마산용마고)가 3년 전 해체했던 야구부를 재창단했다. 같은 해 전주상고가 야구부를 신설했고, 1968년에는 군산상고에, 1970년에는 경기상고와 광주상고(현 동성고)에 야구부가 생겼으며, 그 뒤로 1970년대에만 목포상고(현 목상고), 천호상고(현 서울동산고), 여수상고, 영동상고(현 영동미래고), 덕수상고, 순천상고 등이 야구부를 만들었다.

1961년 이전까지 창단한 고교 야구팀 중 상업계 학교 비율은 4분의 1 정도였지만 60, 70년대에 창단하거나 재창단한 고교 야구팀 중에서는 절반 이상이 상업계 고등학교였다. 해방 전 일본인 학생들이 다니던 시절부터 야구부를 보유하고 있던 선린상고, 부산상고(현 개성고), 대구상고(현 대구상원고), 경남상고(현 부경고) 등과 함께 전국 주요 상업고등학교 대부분이 야구부를 운영하기 시작한 것이다.

직업으로서의 야구

프로야구의 창설은 한국 야구의 수준을 비약적으로 끌어올렸다. 자본이 투입되고, 대중의 관심이 쏠렸으며, 경쟁이 치열해졌다. 하지만 그 전에 '직업으로서의 야구'가 가능해지면서 전업으로 야구를 수련하는 학생들이 나타나고 그 저변이 확대되었다.

실제로 1950년대까지 야구는 그저 학생 시절 잠시 경험하는 특별 활동 정도의 의미를 벗어나기 어려웠고, 그 와중에도 배출된 특출한 열 명 남짓한 수재들이 군부대와 몇몇 기업으로부터 지원받으며 야구 전문가로 명맥을 이어 나가는 정도였다.

하지만 1960년대 이후, 넉넉하지는 않지만 그래도 야구를 통해 생활 자금을 조달하는 선수 집단이 형성되었고, 또 그것을 바라보는 학생 선수들의 훈련 시간이 늘고 강도가 높아지기 시작했다. 1970년대 후반부터 세계 무대에서 굵직한 승전

보들을 날려오기 시작한 것도, 1980년대 초반 프로야구를 창설하자마자 순탄하게 안착한 것도 그런 과정을 통해 성장한 내적 역량 덕분이었다.

그런 점에서 은행과 상업계 고등학교를 축으로 한 실업야구와 고교 야구의 연계 구조는 한국 야구사에서 가장 빛나는 융성기를 예고하는 물밑 태동이었다.

이선희의 슬라이더는 어떻게 한국 야구를 세계 정상에 올렸나?

종종 자신의 실제 능력보다 기대나 생각이 앞서는 경우가 있는데, 그중 하나가 '던지기' 능력이다. 예컨대 군대에 간 남자들이 신병 훈련을 받을 때 생각처럼 되지 않는 대표적인 과목이 수류탄 던지기다. 저마다 앞사람이 던지는 모양을 비웃으며 자신 있게 나서지만, 대부분은 충분히 닿을 수 있다고 생각했던 거리의 절반도 채 날아가지 않는다.

의욕이 지나쳐 자기가 쓴 방탄 헬멧에 팔이 엉키며 수류탄을 등 뒤에 떨어뜨려 주변을 혼비백산하게 만드는 사례도 간혹 나온다. 그래서 던지기 달인인 야구 선수, 그중에서도 투수들을 만나면 묻는다. 수류탄을 얼마나 멀리 던져봤는지. 1977년부터 1982년까지 국가대표 투수로 활약하며 두 차례의 세

스타플레이어 임호균 임호균은 1970년대 몰락한 인천 야구가 배출한 유일한 스타플레이어였으며, 국가대표팀에서도 가장 안정된 제구력으로 위기의 순간마다 투입돼 결정적인 활약을 했다. 1977년 니카라과 슈퍼 월드컵과 1982년 세계 야구선수권대회에 모두 출전해 우승을 이끌었다. ⓒ 임호균

계 대회 우승에 기여했던 임호균 교수(을지대학 평생교육원)의 답은 이랬다.

나는 수류탄 안 던졌어. 군사훈련 받을 때 수류탄 던지라기에 '나 국가대표 투수인데, 이거 던지다가 어깨 다치면 책임질 거야?'라고 그랬더니 그냥 넘어가더라고. 그때는 국가대표의 몸에 대해서는 아무도 함부로 건드릴 수가 없었지. 사회 전체적으로 그렇게 존중하는 분위기가 있었어. 국가를 대표할 몸이니까.

첫 세계 제패

한국 야구가 세계 규모 대회에 처음 도전장을 내민 것은 1975
년 캐나다 멍크턴에서 열린 대륙간컵 대회였다. 모두 8개 나
라가 출전한 그 대회에서 한국은 조별 예선에서 3승 4패를 기
록하며 3위, 전체로 보면 6위에 해당하는 성적을 거두었다.
하지만 그 대회에서 한국 선수들은 처음으로 콜롬비아, 니카
라과, 이탈리아 같은 서양권 팀들을 상대해 승리하며 자신감
을 얻었고, 2년 뒤인 1977년 니카라과에서 열린 같은 대회에
서는 세계를 놀라게 했다.

1976년 북중미와 유럽을 중심으로 갈라져 있던 두 개의 국
제 야구 기구가 통합하면서 대회 규모는 더욱 커졌고, 명칭도
조금 바뀌었다. 예선인 1라운드는 종전처럼 '대륙간컵'이었지
만 결선인 2라운드는 '슈퍼 월드컵'으로 부르게 된 것이다. 한
국은 9개국이 풀 리그로 치른 대륙간컵을 미국, 일본, 대만에
1패씩 당하며 5승 3패로 통과했고, 상위 5개국이 다시 한 번
씩 맞붙는 슈퍼 월드컵에 진출했다.

애초에 그 대회에 대한 대중의 관심은 크지 않았다. 성적을
기대하기도 어려웠고 TV나 라디오를 통한 중계방송도 이루
어지지 않아 선수단과의 국제 전화로 간신히 경기 상황을 파
악하는 정도였기 때문이다.

하지만 2라운드 4차전 푸에르토리코와의 경기에서 연장 12
회 초에 터진 김재박의 결승타로 역전승해 최소 3위를 확보하

면서 국내 언론의 관심이 집중되기 시작했고, 일본과의 5차전에서도 9회 초 김정수의 결승타로 극적인 승리를 거두었다는 소식이 전해지자 입소문은 더욱 퍼져나갔다. 그것은 야구 세계 무대에서 한국이 일본을 상대로 얻은 첫 번째 승리였기 때문이다.

일본전 최고의 수훈 선수는 오른손 타자의 무릎을 스칠 듯 파고드는 슬라이더와 바깥쪽 스트라이크존을 걸치듯 흘러나가는 역회전 공을 배합한 왼손 투수 이선희였고, 그는 훗날 구대성과 김광현으로 이어지는 '왼손잡이 일본 킬러' 계보의 시조가 되었다.

왼손 투수 이선희 1977년 니카라과 슈퍼 월드컵 최고의 스타는 이선희였다. 왼손 투수인 그의 몸쪽 슬라이더는 특히 일본 타자들을 공포에 떨게 했다. 하지만 그는 1982년 프로야구 원년 개막전과 한국시리즈 최종전에서 극적인 만루 홈런을 맞으며 '비운의 투수'로 강하게 각인되기도 했다. ⓒ 삼성 라이온즈

일본전 승리 소식을 전하는 국내 한 신문의 기사 제목은 "한국, 세계 야구 준우승"이었다. 어쩌면 그 대회에서 막강한 모습을 보이던 미국이 2차 리그 전승을 거둘 것이 확실하다는 전망, 혹시 미국이 1패를 당해 결승전을 치를 기회가 주어지더라도 설마 한국이 이길 수 있겠느냐는 예상, 그리고 일본을 이기고 준우승을 확보한 것만으로도 충분하다는 포만감이 복합적으로 작용한 결과였을 수도 있다.

하지만 미국이 개최국 니카라과의 마지막 경기에서 0대 4로 불의의 일격을 당해 한국과 4승 1패 동률을 기록하면서 최종 우승팀을 가리기 위한 결승전이 열리게 됐다. 전날 일본전에 에이스 이선희를 완투시키며 소모해버린 한국은 대신 대학 1학년생 김시진, 최동원에 이어 선수단 최고참 유남호가 9안

우승컵 앞세운 귀국 1977년 니카라과 슈퍼 월드컵 대표팀이 우승컵을 앞세우고 비행기에서 내리고 있다. 기수 김시진 뒤로 김응용 감독이 손을 흔들고 있다. ⓒ 국가기록원

도대체 우리는 왜 야구를 보는가?

타를 나누어 맞으며 버텼고, 그 사이 김봉연의 홈런과 이해창, 김재박의 적시타로 맞불을 놓았다.

결국, 5대 4로 한 점 앞선 9회 말 마지막 수비에서 1사 후 2루타와 실책이 엮이며 동점 주자의 3루 진입을 허용하는 위기에 몰렸지만, 유격수 김재박이 땅볼 두 개를 침착하게 처리하며 마침표를 찍었다. 2008년 베이징 올림픽 쿠바와의 결승전 9회 말 1사에서 연출된 박진만과 고영민의 병살 수비의 원형이었다.

그때 그 국가대표들의 다른 점

미처 예상하지도 못한 이른 시점에 전해진 우승 소식은 대한민국을 발칵 뒤집어놓았다. 세계 대회 일본전 첫 승 소식 정도만 해도 기대할 수 있는 최대치인 마당에 야구 종주국 미국을 상대로 거둔 첫 승리와 세계 대회 우승, 거기에 이선희가 대회 MVP로, 김재박이 가장 우수한 유격수(대회 베스트9)로 선정되었다는 소식이 한꺼번에 밀려들었기 때문이다. 순식간에 한국은 세계에서 가장 야구를 잘하는 나라이며, 이선희와 김재박은 세계에서 가장 뛰어난 야구 선수로 지칭되기 시작했다.

물론 몇 가지 고려해야 할 점은 있었다. 출전이 곧 우승일 정도로 압도적인 최강팀 쿠바가 불참한 대회였으며, 축구를 비롯한 다른 종목들에 비해 야구는 세계화가 극히 미진한 북중미와 동북아에 편중된 종목이라는 점, 그리고 그중에서도 전통적으로 대륙간컵 대회는 세계 야구선수권대회에 비해서도 약간 낮은 위상으로 평가받는 대회였다는 점이다.

또한 야구라는 종목 전체로 놓고 본다면, 전 세계의 우수한 성인 선수 대부분이 밀집되어 있는 미국과 일본의 프로야구를 제외한 영역에서의 성과였으며, 그래서 주요 국가들이 대학생 위주로 출전하던 대회에 아직 프로야구가 없었던 한국은 최정예 성인 야구 선수를 선발해 출전시켰다는 점도 고려할 필요가 있었다.

하지만 어쨌거나 '세계 제패'라는 사실은 틀림이 없었고, 불과 2년 전 세계 무대에 데뷔한 신예의 충격적인 급부상이라는 점은 세계 야구계에서도 이론의 여지가 없었다. 이선희는 그해 전 종목 최고의 선수에게 주어지는 대한민국 체육상을 수상했고, 그 대회에 출전한 선수들 중 김재박, 이선희, 최동원에게는 체육훈장 3등급 거상장이, 그 외 선수와 지도자들 전원에게는 4등급 백마장이 주어졌다. 그리고 그 훈장은 각자 신분에 따라 장학금과 특진 등의 혜택으로 이어졌다.

한국인의 자존심을 세울 몇 안 되는 분야가 스포츠였던 시절. 그 안에서 '국가'를 '대표'했던 이들이 귀하게 대접받던 시대. 야구는 내적 노력의 축적과 외적 행운이 겹치며 누구도 예상하거나 기대하지 못한 시점에 '세계 제패'에 성공했고, 그것은 한국 야구가 또 다른 차원으로 급성장하는 자양분으로 피드백됐다.

위로는 1951년생 유남호로부터 아래로는 1958년생 김시진, 최동원에 이르기까지, 첫 번째 '세계 제패'에 성공한 니카라과 슈퍼 월드컵 국가대표팀 구성원들에게는 어떤 세대적 특징이 있었다.

그들은 1960년대 초 대부분 은행이 실업야구팀을 창단하면서 은행 취업에 주력하는 상업고등학교들을 비롯한 고등학교에 그리고 그 고등학교 진학을 목표로 하는 초중등학교에 연쇄적으로 야구부가 신설되던 시기에 야구에 입문한 세대였다. 그래서 그 이전 세대보다 조금 더 일찍 야구를 시작했고, 좀 더 전업으로 야구에 매달릴 수 있었다. 음과 양이 있지만, 체육 특기생 특례 입학 제도가 정착되면서 수업보다는 야구에 집중한 첫 세대이기도 했다. 그리고 성인이 된 후에는 일정 수

우승 기념사진 김포공항에 도착한 국가대표팀이 우승컵을 앞에 두고 기념사진을 촬영했다.
ⓒ 국가기록원

준 이상의 선수들이라면 실업팀에서 야구를 통해 생활비를 충당하며 지속해서 야구 기술을 연마할 수 있었던 것도 그들 세대부터였다.

그렇게 한 세대 전의 변화가 다음 세대의 성장을 낳았고, 그 세대의 성과는 대중의 열광과 만나 프로야구 시대를 열며 오늘날 야구를 '국민 스포츠'로 만드는 계기가 되었다. 야구와 관련된 오늘의 사회를 이해하기 위해 앞 세대의 변화를 훑어보는 이유, 오늘날 야구장 안팎의 모습을 보면서 다음 세대를 걱정하는 이유도 그것이다.

김재박의 개구리 번트는
어떻게 소년들을 열광시켰나?

1977년 니카라과 슈퍼 월드컵 우승은 한국 야구계를 흥분시켰다. 야구는 1970년대 들어 국내 최고의 인기 스포츠로 떠올랐지만, 그것을 통한 '국위 선양'이 곤란하다는 약점이 있었다. 우선 올림픽 정식 종목이 아니었고, 한국 야구의 실력도 기껏해야 아시아 3위권을 맴도는 수준이었기 때문이다. 하지만 모두의 예상을 훌쩍 뛰어넘어 전해진 세계 대회 우승 소식은 분위기를 완전히 바꾸었다.

대한야구협회는 1977년 12월 아르헨티나의 부에노스아이레스에서 열린 국제야구연맹AINBA 총회에 대표를 파견해 1982년 세계 야구선수권대회 유치 의향을 전달했다. 여전히 세계무대에서는 비인기 종목이었던 야구에서 세계 선수권 대회의 위상은 높았지만, 관심은 낮았기에 특별한 유치 경쟁은 없었고, 이듬해 1978년 한국 정부의 지원 의사를 확인한 국제 야구연맹 총회의 결정을 거쳐 유치가 확정됐다.

그리고 1980년 4월 17일, 대회 개최를 위해 잠실에 새 야구장이 지어지기 시작했다. 동대문 서울야구장에 비해 두 배의 관중을 수용할 수 있는 대규모 관중석과 미국 메이저리그의 정식 경기장과 맞먹는 좌우 100m, 중앙 125m의 광활한 그라운드를 갖춘 야심 찬 설계가 적용된 야구장. 세계인의 눈앞에 한국 야구의 위상을 과시하고자 하는 야심의 투영이었다.

여러모로 준비는 순조로웠다. 하지만 대회 유치가 결정되고 야구장이 지어지기 시작한 1970년대 말과 1980년대 초 사이에 대한민국은 가장 극적인 정치적 격동을 경험해야 했고,

한일전, 그리고 결승전 1982년 9월 14일, 세계 야구선수권대회의 우승자를 가리는 최종전이 한국과 일본의 맞대결로 이어졌다. 2대 0으로 뒤지던 4회 말이다. ⓒ 국가기록원

그 여파는 야구장으로도 전해졌다. 또 한 번의 군사정변을 통해 들어선 새 정부는 한 편으로는 전 정권에서 시작한 국제대회 유치 작업을 더욱 강력하게 추진했고, 다른 한 편으로는 전 정권이 억제했던 프로 스포츠 창설 작업을 오히려 주도했다. 5공화국이 '스포츠 공화국'이라 불리게 된 이유였다.

그 첫 번째 가시적 성과가 1981년 9월 30일에 전해졌다. 독일 바덴바덴에서 열린 국제올림픽위원회IOC 총회에서 일본 나고야와 치열한 유치 경쟁을 벌인 끝에 1988년 올림픽의 서울 개최가 확정된 것이다. 이제 1982년 9월에 치러지게 되는 세계 야구선수권대회는 올림픽 개최를 예비하는 사전행사로서의 거국적 의미를 부여받게 된 것이다.

그리고 불과 두어 달 간격을 두고 두 번째 움직임의 성과 역시 세상에 알려졌는데, 다름 아닌 프로야구 창설 소식이었다. 그런데 그 두 소식이 만들어낸 소용돌이 속에서 세계 야구선수권대회 준비 작업이 표류하기 시작했다. 정책을 추진하던 이들은 대수롭지 않게 생각한 문제였지만, 프로 스포츠와 아마추어 국제대회 준비가 동시에 이루어지기 어려운 당시의 사정이 있었기 때문이다.

프로야구와 세계 선수권 우승, 두 마리 토끼를 쫓다

1981년 1월 13일, 야구협회는 54명의 국가대표 예비 엔트리

서울올림픽 유치 1981년 9월 30일 밤 10시, 독일 바덴바덴에서 열린 IOC 총회에서 서울은 일본 나고야를 52대 27로 누르고 올림픽 유치 도시로 결정됐다. 그리고 그 결정은 당시 1년 앞으로 다가온 세계 야구선수권대회에 '예비 올림픽'이라는 의미를 더했다. ⓒ 국가기록원

를 발표했다. 이선희와 최동원이 이끄는 투수진과 포수 심재원으로부터 김봉연, 배대웅, 김재박, 김용희로 이어지는 내야진, 그리고 김일권, 이해창, 장효조의 외야진까지 실업야구의 슈퍼스타들이 뼈대를 이루고 한대화와 선동열 등의 대학 선수들이 후보 자리를 다투는 지극히 상식적인 선발. 1977년 니카라과 슈퍼월드컵 우승과 1980년 도쿄 세계 야구선수권대회 준우승을 이끌었던 당대 최고의 선수들이 중심이 되고, 대학 선발팀 1진들이 가세한 명단이었다. 잠실에 새로 지어지는 매머드급 야구장과 더불어 역대 최강의 국가대표팀 구성은 세계 무대의 중심에 한국 야구를 세우는 화려한 의식에서 가장 중요한 준비 과정이었다.

하지만 1981년 11월 5일 청와대 교육 문화 비서실의 주도 아래 이용일과 이호헌이 작성한 '프로야구 창립 계획서'에 대

한 대통령 결재가 이루어졌다는 소식이 전해졌고, 다시 한 달 뒤인 12월 11일에는 프로야구 창립총회가 치러졌다. 그리고 이듬해 1982년 2월까지 6개의 프로팀이 창단되고 3월에는 개막전이 치러진다는 일정이 공개되었다. 한국에서 프로야구가, 하필 1982년에 시작되게 된 것이다.

흔히 '국제야구연맹'으로 불리던, 대회를 주관하는 AINBA의 정확한 명칭은 '국제 아마추어 야구협회'Association International Baseball Amateur였다. 당연히 프로 선수들은 관할 대상이 아니었고, 그 단체가 주관하는 대회에서 출전 자격도 없었다.

프로야구단 창단을 결정한 시점부터 불과 4개월 안에 개막전 준비를 마쳐야 했던 6개 팀은 선수 영입 작업에 열을 올렸다. 물론 최우선 대상은 실업야구 무대에서 절정의 기량을 뽐내던 20대 중후반 선수들이었지만, 창단 초기에는 특히 많은 인력이 필요하기 마련이다. 가능한 한 많은 선수를 확보하고 싶었던 기업들은 고등학교 졸업을 앞둔 19세 소년부터 이미 야구장에서 사무실로 활동 중심을 옮겨가고 있던 30대 초반 노장들까지도 찾아다니면서 돈 가방을 열어 보였다.

그중에서도 '현역 국가대표급'이라면 최고 몸값을 보장받았다. 'A급'으로 지칭된 그들의 계약 기준은 '계약금 1500만 원, 연봉 1800만 원'이었다. 1982년 대통령의 월급이 127만 원이었으니 대통령보다 많은 연봉이 보장되었던 셈이다. '최저연봉'을 받는 'F급' 선수들도 계약금 200만 원과 연봉 600

만 원을 받을 수 있었는데, 그 역시 직업공무원 중 최고위직인 차관 월급 58만 원보다 적지 않은 수준이었다. 특별한 사정이 없는 한 야구 선수들이라면 누구나 프로팀 입단을 선택하게 할 만한 강력한 유인이었고, 국가대표 예비 명단에 이름을 올릴 정도의 선수들이라면 거의 예외가 없었다.

발등에 불이 떨어진 것은 야구협회였다. 대회의 성공적 운영과 국가대표팀 성적은 별개 문제일 수도 있었지만, 대중의 지지와 정부의 평가와는 분리될 수 없었다. 대표팀의 좋은 성적 없이 대회의 성공적인 개최를 강변한다는 것은 불가능했다.

실업야구 최고 스타 김재박 1977년 실업야구 공격 부문을 휩쓸며 7개의 개인상을 독차지한 실업야구 최고 스타 김재박. '너무 뛰어난' 실력 탓에 프로 입단이 1년 미뤄진 그는 1982년 세계 선수권 대회에서도 차원이 다른 수비 실력을 과시했지만 타격에서는 의외로 부진했다. 하지만 일본과의 최종전에서 세상을 놀라게 한 번트 하나로 그 대회의 상징적인 장면을 만들어 냈다. ⓒ 국가기록원

그래서 야구협회로서는, 할 수만 있다면 프로야구 창설을 한 해 미루는 것이 최선이었고, 그것이 불가능하다면 국가대표 주력 선수들의 프로팀 입단만이라도 한 해 미루는 것이 바라는 바였다. 물론 세계 선수권 대회 준비 역시 국가적인 관심사였지만, 청와대가 직접 구상하고 추진해온 프로야구 창설 작업에 비하면 우선순위가 떨어질 수밖에 없었다. 야구협회의 요구는 '대통령의 뜻'을 등에 업은 야구 위원회의 기세에 가로막혔고, '다소간의 어려움은 있겠지만, 잘 극복할 것으로 믿는다'라는 청와대의 메시지 앞에서 주저앉아야 했다.

그런 표류와 난관 끝에서 맺어진 결론이 '7인의 유보 조치'였다. 전력의 핵심이 될 9명 정도의 선수를 국가대표팀에 양보한다는 취지 아래, 어차피 군 복무 중이라 프로팀 입단이 불가능했던 장효조와 김시진을 제외한 7명의 실업 선수들을 국가대표팀이 선발하면 1년간 프로팀 입단을 막는 방식이었다.

그렇게 선정된 것이 투수 최동원과 임호균, 포수 심재원과 유격수 김재박, 그리고 외야수 김일권, 이해창, 유두열이었다. 하지만 그중에서도 김일권이 국가대표팀 숙소를 탈출해 해태 타이거즈와 계약하고 야구협회로부터 영구 제명당하는 소동이 일어나면서 균열이 생겼고, 결국 '재발 방지'를 약속한 양대 야구 기구의 합의 속에서 나머지 6명만 '국가를 위해' 적지 않은 경제적 손실을 감수하고 마지막으로 한 번 더 태극마크를 다는 것으로 결론이 났다.

첫 우승이 목표인, 역대 최약체 국가대표팀

1982년 9월 4일, 대회가 시작되었고 한국대표팀은 '기필코 우승'을 외치는 안팎의 기대와 달리 선수단 구성의 한계를 드러내며 덜컥거리기 시작했다. 최약체 이탈리아와의 개막전에서 긴장한 듯 주루사와 병살타가 빈발하며 뜻밖의 역전패를 당했고, 대학 1학년생 선동열의 호투로 우승 경쟁자 미국과 대만을 잡아내며 한숨을 돌리긴 했지만 파나마, 도미니카와의 경기에서도 고전 끝에 아슬아슬한 승리를 이어갔다.

마운드는 그럭저럭 버텨볼 만했다. 1977년 니카라과 슈퍼 월드컵 우승과 1980년 도쿄 세계 선수권 대회 준우승에 가장 큰 공을 세웠던 왼손 에이스 이선희

떠오른 태양, 선동열 고려대 2학년생 선동열이 세계 야구선수권대회에서 미국, 대만, 일본전을 모두 완투해 3승을 거두며 국가대표팀의 새로운 에이스로 등극했다. ⓒ 대한체육회

가 빠지고, 그다음 순위의 투수들로 꼽혔던 최동원과 김시진이 예상 밖으로 부진했지만, 신예 선동열이 기대 이상의 활약을 해준 데 더해 임호균이 제 역할 이상을 해준 덕이었다.

하지만 야수진의 공백은 생각보다 더 컸다. 1980년 도쿄 세계 선수권 대회에서 도루와 득점 부문 1위와 타격 3위에 오른 것을 비롯해, 지난 몇 년간 국제대회에서 가장 큰 활약을 해준 김일권의 이탈이 가장 뼈아팠고, 배대웅과 김용희가 빠진 2루와 3루도 공수 양면에서 허전했다. 특히 2루수 정구선과 박영태가 모두 빈타에 시달렸고, 그나마 동국대의 유격수 한대화가 이선웅 대신 3루수로 기용되며 실책 2개를 기록하긴 했지만, 대만전 홈런 기록을 포함해 좋은 공격력을 선보이며 대안으로 떠오르는 정도였다. 결과적으로 그 대회 한국의 팀타율은 .256에 불과했는데 전체 10개 팀 중에서 8위에 해당했다.

대회 9일째인 9월 13일에 치러진 호주전은 모든 문제점이 한꺼번에 터져 나온 가장 큰 고비였다. 2회와 3회 유두열과 이해창의 홈런으로 먼저 앞서갔지만, 에이스 최동원이 4회 초에 갑자기 흔들리며 집중타를 맞고 5실점 하면서 역전을 허용했다. 최동원은 이견의 여지 없는 한국 대표팀 에이스였지만, 간혹 걷잡을 수 없이 흔들리는 약점이 있었고, 그 단점이 그날 다시 드러났다.

공격에서도 부족한 경기 경험과 매끄럽지 않은 호흡이 이어졌다. 초반에는 추가 득점 기회마다 박영태의 견제사와 장효조의 주루 미스가 이어지며 맥이 끊어졌고, 역전을 허용한 뒤로는 기세가 꺾이며 공회전이 반복됐다.

　오영일과 김시진까지 투입하며 총력전을 벌이고도 3점 차까지 벌어지며 기울었던 경기는 8회와 9회 한대화와 장효조의 극적인 적시타로 동점을 만들며 연장으로 이끌었고, 한 번 더 기회를 얻어냈다. 다만 이미 경기 시간이 3시간 30분을 넘어서면서 대회 규정에 따라 연장전은 다음 날로 넘겨졌다.

뜻밖의 큰 고비, 호주전

그날 밤 대표팀의 분위기는 어두웠다. 호주를 가볍게 제압한 뒤 다음 날 있을 일본과의 최종전을 준비한다는 계획에 큰 차질이 빚어졌기 때문이다. 가장 유력한 선발투수 3명을 한꺼번에 소진해버린 상황에서, 선동열을 일본전 선발투수로 남겨둔다면 그 일본전 우승 기회를 얻기 위해 반드시 잡아야 하는 호주와의 연장전은 어떤 투수에게 맡겨야 할지 난해한 문제였다. 게다가 충격적인 난타를 당한 선발투수 최동원이 숙소에서 말없이 사라지면서 동료 선수들이 수색에 나서는 소동마저 벌어졌고, 분위기는 더욱 어수선해졌다.

　이튿날 14일 오전 10시 30분부터 다시 시작된 연장 10회 초에 마운드에 오른 것은 임호균이었다. 왜소한 체구에, 빠른 공을 가지지 못했지만 신기에 가까운 제구력으로 이름을 알린 그는 대표팀에서도 가장 위험한 순간에 투입되는 해결사였다.

이미 파나마전과 도미니카전에서 각각 1이닝과 4이닝을 무실점으로 막고 패배 직전의 팀을 구하는 2세이브를 기록했던 임호균이, 다시 10회부터 15회까지 6이닝을 무실점으로 막아주었고, 여전히 덜컹거리며 빈공에 시달리던 타자들은 막다른 골목에 몰린 15회 말 1사 후 유두열이 띄운 희생플라이로 간신히 결승점을 뽑을 수 있었다.

하지만 반나절도 쉬지 못한 채, 그날 저녁 6시 30분부터 대회 마지막 경기를 치러야 하는 힘겨운 상황이 남아 있었다. 선발투수로 선동열이 준비되어 있었지만, 문제는 그가 흔들리면, 뒤를 받쳐줄 투수가 남아 있지 않다는 점이었다. 전날 던지지 않은 투수는 박동수와 박노준뿐이었지만, 최종전에 특히 결승전 혹은 한일전 마운드에 올려보낼 만한 선수들은 아직 아니었다. 하지만 그날 치러야 하는 최종전은 공교롭게도 풀리그 방식으로 치러진 그 대회에서 한국과 꼭 같은 9승 1패를 기록한 일본과의 경기였고, 그 경기에서 이긴 팀이 우승하게 되는 조건이었다. 간신히 한고비 넘겼다는 안도감보다 몇 배 무거운 피로감과 부담감을 안고 나서는 상황이었던 셈이다.

최악의 상황 속, 결승 한일전

마지막 날 경기 상황은 굳이 자세히 복기할 필요가 없을 만큼 널리 알려져 있다. 한국은 예상됐던 피로감과 부담감을 드

한일 열전의 배경 1982년 일본의 역사 교과서 왜곡 문제가 불거졌고, 극에 달한 반일 감정은 세계 야구선수권대회 한일 간 결승전에 더욱 관심을 집중시키는 요인이 됐다. 사진은 1982년 7월 30일에 열린 일본 역사 교과서 왜곡 문제 공청회. 신용하, 정원식 교수 등이 참석하고 있다. ⓒ 국가기록원

러내며, 2회 초 연속 안타와 실책, 희생플라이를 허용해 2점을 먼저 내주었고, 공격에서는 일본 선발 스즈키에게 7회 말까지 내야 안타 하나밖에 뽑아내지 못하며 질질 끌려갔다. 하지만 전설적인 8회 말에 모든 것이 다시 시작되었다. 선두 심재원의 중전안타와 대타 김정수의 2루타로 한 점을 만회했고, 조성옥의 희생번트로 1사 3루의 동점 기회를 만든 데 이어 여전히 그 의도와 맥락이 미궁에 빠진 김재박의 '개구리 번트'가 튀어나오면서 동점에 성공했다. 그리고 이해창의 안타가 이어지며 만든 1사 1, 3루의 역전 기회에서 장효조의 내야 땅볼이

나왔지만, 일본 2루수의 잘못된 선택으로 병살 위기를 모면한 직후 터져 나온 한대화의 장쾌한 석 점짜리 결승 홈런.

결국 세계 대회 결승전에서 만난 일본에, 경기 초반 끌려가다가 막판에 극적인 방식으로 뒤집어내면서 얻은 5대 2의 승리와 우승. 그 뒤로 40년 동안 숱한 한일전에서 혹은 한일전이 아니라도 어느 팀의 승리를 간절히 비는 수많은 야구팬의 기억과 마음속에서, 저물어가던 희망과 집념을 되살려내는 주문으로 소환되고 수많은 극적인 역전극으로 재현되어온, 그래서 흔히 '약속의 8회 말'이라 불리게 된 그 순간.

그 우승은 그해 시작된 프로야구가 봄과 여름 내내 이어지며 만들어낸 숱한 이야기들 위에 찍은 커다란 마침표가 됐고, 여전히 야구에 별다른 흥미를 느끼지 못하던 대부분의 한국인 삶에도 깊이 새겨진 전설이 되었다. 10년 이상 '국내 최고의 인기 스포츠'로 자리 잡아온 야구가 '국민 스포츠'로 비약한 것은, 아마도 이 순간이었을 것이다.

'약속의 8회'에 '국민 스포츠'가 태어나다

스포츠는 촘촘히 한계 지어진 공간과 규칙 속에서 승부를 가른다. 하지만 그 좁은 영역에서 출렁이는 승기와 패색의 흐름은 때로는 수천만 혹은 수억 명의 가슴에 전해져 거대한 파동을 만들고 끝내는 수십 년을 흘러 역사에 녹아들기도 한다.

개구리 번트 2대 1로 뒤진 8회 말 1사 3루. 스퀴즈를 경계한 일본 배터리는 공을 하나 멀리 뺐고, 그것을 예상한 어우홍 감독도 스퀴즈 사인을 거두어들였으며, 그에 따라 3루 주자도 위치를 지켰다. 하지만 타자 김재박은 공을 향해 뛰어오르며 번트를 댔고, 공격과 수비와 관중을 모두 경악시킨 그 타구는 3루 선상을 따라 흐르며 주자와 타자를 모두 살리는 동점 적시타가 됐다. 그리고 공·수·주를 갖춘 야구 천재 김재박은 그날 이후 번트로 좀 더 유명한 이름이 됐다. ⓒ 대한체육회

　　1982년 9월 14일은 한국인들에게 그런 몇 개의 사건 중 하나였고, 그것이 오늘도 저녁 6시 30분이면 수백만의 눈길을 그라운드로 향하게 할 것이며, 또 8회가 되면 응원하는 팀의 짙어가는 패색에 지쳐 있던 이들에게 마치 주술에라도 걸린 듯 반전의 희망을 꿈꾸게 할 것이다.

　　그리고 혹시 그 희망이 현실이 되는 순간, 어떤 이들은 여전히 생생한 기억 속에서, 어떤 이들은 눈과 귀로 전해진 전설 속에서 그 원형의 순간을 잠시나마 떠올릴 것이다.

지켜진 '8회의 약속', 그리고 첫 번째 올림픽 메달

한국 야구는 1977년에 니카라과에서 열린 대륙간컵 대회와 1982년 서울에서 열린 세계 야구선수권대회에서 우승을 경험했다. 하지만 그렇다고 해서 실제로 그 시점에 한국 야구가 세계에서 가장 강하다고 믿는 사람은 아무도 없었다. 우선 그 두 대회에는 아마추어 야구의 독보적인 세계 최강팀으로 평가받는 쿠바가 참가하지 않았고, 아마추어 야구보다 한 단계 높은 수준을 갖추고 프로 무대에서 뛰는 선수들이 출전할 수 없는 대회였기 때문이다.

전통적으로 프로야구에서는 미국 메이저리그MLB 위상이 절대적인 가운데 상당한 격차를 두고 일본프로야구리그NPB 가 그 뒤를 잇는 것으로 평가되며, 한국리그KBO는 또다시 상당한 격차가 있는 그다음 단계로 인식되어왔다. 그런 상황은 지금도 크게 달라졌다고 보기는 어려운데, 리그 역사와 자본 규모, 소비 집단 규모 그리고 선수 충원 구조의 차이가 압도적이기 때문이다.

그럼에도 한국 프로야구는 꾸준한 투자로 리그를 확대하고 개방적인 태도로 해외 야구와 소통하며 리그 간 수준 격차를 줄여왔다. 그리고 2000년대 중반 이후에 거둔 국제대회의 성과들은 그런 발전 과정을 가시적으로 대중에게 확인하게 했다.

한국 야구의 성장을 눈으로 확인하다

한국 야구 대표팀은 야구가 아시안게임 정식 종목으로 채택된 1998년 이후 2022년까지 모두 7번 대회에서 금메달 6번과 동메달 1번을 획득했다. 하지만 최근까지도 아시아에서 한국과 일본, 대만을 제외하면 우승에 도전할 만한 야구 인프라를 가진 나라가 없으며, 아시안게임 역시 그 세 나라의 경쟁이라는 점에서 기본적으로 동메달은 확보된 대회라고 해도 무리는 아니다. 게다가 아시안게임은 대부분 일본이 프로 선수들을 파견하지 않거나 하더라도 주력 선수들을 보내지 않는 대회이고, 대만은 프로와 아마추어 모두 한국보다 낮은 수준으로 평가받아왔다.

결국 금메달을 따면 병역 혜택을 받을 수 있는 미필자 중심의 최강팀을 파견하는, 그래서 일본과는 사뭇 다른 사정을 가진 한국 야구팀의 반복된 우승 역시, 자타가 공인하는 당연한 사실을 확인받는 이상의 의미는 아니었다. 그래서 오히려 2006년 도하 아시안게임 때는 최정상급 선수들로 구성한 한국 대표팀이 대만팀과 일본팀(사회인 선수들로 구성)에게 패하고 동메달에 그치자, '참사'라는 표현으로 회자되며 엄청난 비난을 받았다.

올림픽 역시 자타 공인 세계 최고 선수들인 미국 프로야구의 메이저리거들이 출전하지 않는다는 점에서 야구만큼은 다른 종목들과 달리 세계 최고의 무대로 인정받지는 못한다. 하지만 일본이 정상급 프로 선수들을 파견한다는 점과 사회주의 국가 특성상 자국 내 프로야구 리그가 없고 선수들의 메이저리그 진출도 억제하는 독특한 환경을 지닌 아마추어 야구 최강국 쿠바가 출전한다는 점에서는 다른 대회들과 같은 수준으로 비교되지 않는다.

전통적으로 올림픽 야구 종목에서 한국이 거둔 성적은 신통치 않았다. 한국은 야구가 올림픽 시범 종목으로 치러진 1984년과 1988년에 대학생과 실업 선수들이 주축을 이룬 대표팀을 출전시켜 4위 성적을 거두었고, 정식 종목으로 채택된 1992년과 1996년에는 지역 예선에서 탈락하거나 본선 최하위에 머물며 국내 팬들에게 실망을 안겼다. 프로야구의 주력 선수들 중심으로 대표팀을 구성하고 당대 최고의 명장 김응용 감독에게 지휘봉을 맡긴 2000년 시드니 올림픽에 대한 한국

야구팬들의 기대는 그런 점에서 각별했다.

다시 한번 지켜진 '8회의 약속'

출발은 불안했다. 예선 리그에서 이탈리아와의 첫 경기는 가볍게 승리했지만, 호주, 쿠바, 미국과의 2, 3, 4회전을 모두 패해 1승 3패로 몰리며 탈락 위기에 몰렸다. 호주전과 쿠바전에 투입한 선발투수 정민태와 김수경이 뜻밖에 부진했고, 미국전에서는 선발 정대현이 7이닝 무실점으로 잘 버텼지만, 뒤를 이은 송진우와 진필중이 기대와 달리 무너졌다.

하지만 하루를 쉰 뒤 9월 22일 네덜란드와의 5회전을 그 대회에서 구대성과 함께 가장 좋은 활약을 한 투수 박석진의 수훈으로 잡아내며 반등했고, 일본과의 6회전에서 난타전에도 불구하고, 9회 말 이병규의 호수비로 위기를 넘긴 뒤, 연장 10회 초 홍성흔의 안타와 정수근의 희생플라이로 점수를 뽑아내 승리하며 분위기를 반전시켰다. 그리고 다음 날 이어진 남아프리카 공화국과의 예선 마지막 경기를 8회 콜드로 간단히 잡아내며, 8팀 중 3위로 결선 라운드에 진출해 미국과 결승 진출을 다투게 됐다.

사실 그 대회에서 한국은 결승 진출 능력이 있었고, 충분히 우승에 도전할 자격이 있었다. 준결승전에서 경희대의 언더핸드 정대현이, 비록 메이저리거는 아니지만, 마이너리그 최고의 유망주들을 모아 출전한 미국을 상대로 선발 등판해 훗날 메이저리그에서 두 번이나 20승을 기록하는 에이스 로이 오스왈트와 팽팽한 맞대결을 벌이며 6.1이닝 1실점으로 막아내는 사이에 정수근의 희생타와 이병규의 2루타를 묶어 2점을 뽑아내며 승기를 잡았다. 하지만 7회 말 미국의 킨케이드가 1루와 3루에서 명백한 아웃이 세이프로 판정되는 결정적인 오심 덕에 두 번이나 살아남아 후속 타자의 희생 플라이 때 홈을 밟으며 동점을 만든 것이 화근이 됐다.

8회 말 갑자기 쏟아진 비 때문에 2시간가량 중단됐던 경기는 자정을 넘겨서야 재개되었고, 7회부터 마운드를 지키고 있던 한국의 세 번째 투수 박석진이 9회 말 1사 후에 만난 미네소타 트윈스 트리플A팀의 덕 민케이비츠에게 초구 끝내기 홈런을 맞고 말았다.

예선 라운드에서도 바뀐 투수 진필중을 상대로 만루홈런을 날려 한국팀에 1패를 안겼던 덕 민케이비츠는 뼈아픈 홈런과 특이한 이름 덕에 한국인의 기억에 각인되었는데, 그해 곧 메이저리그로 승격해 이듬해 2001년 아메리칸리그 1루수 부문 골든 글러브의 주인공이 되기도 했다. 그리고 5년 뒤에는 구대성과 뉴욕 메츠에서 한솥밥을 먹기도 했는데, 구대성이 랜디 존슨을 상대로 2루타를 때린 뒤 호세 레예스의 보내기 번트에 홈까지 파고드는 놀라운 주루를 했을 때 가장 기뻐하며 곁으로 달려와 수건으로 부채질을 해주기도 했다.

미국 킬러 정대현, 한국 킬러 덕 민케이비츠

그렇게 한국팀은 아쉽게 3, 4위전으로 밀려나게 됐지만, 역시 쿠바와의 준결승에서 패배한 일본을 만나게 되면서 그해의 3, 4위전은 결승전 못지않은 치열한 승부로 달아올랐다. 일본과의 3, 4위전이 벌어진 날은 2000년 9월 27일이었고, 오후 12시 30분이었다.

전날 시작해 수중전을 벌이고도 자정을 넘겨서야 결판이 난 미국과의 준결승전을 마친 지 11시간 30분 만이었다. 꼭 18년 전 9월 14일, 서울에서 열린 세계 야구선수권대회 최종전에서 전날부터 이어진 1박 2일간의 호주전을 간신히 마친 당일 저녁에, 다시 일본과 결전을 벌였던 것과 꼭 같은 상황이었다. 격전을 치른 여파로 쓸 수 있는 투수가 남아 있지 않아 선발투수만 바라봐야 하는 사정도 비슷했다. 다른 점이라면 18년 전에는 호주와의 난전을 간신히 승리로 마무리하며 정신적인 피로만이라도 벗어날 수 있었다면, 이번에는 미국과의 중요한 승부를 오심 때문에 날린 억울함으로 많은 선수가 밤을 지새웠다는 점이었다.

그날 일본의 선발투수는 고교 시절 고시엔 대회에서 보인 초인적인 투혼과 체력으로 '괴물'이라는 별명을 처음으로 달았던 마쓰자카 다이스케, 훗날 일본 프로야구와 미국 메이저리그를 오가며 최고 투수로 활약했던 그 투수였다. 그리고 그에 맞선 한국의 선발투수는 한양대 시절 일본팀 킬러로 이름을 날렸던 한화 이글스의 불패 마무리 구대성이었다. 한국과 일본 모두 결승전 혹은 한일전으로 치러질지도 모를 3, 4위전을 위해 준결승에 쓰지 않고 아껴둔 실질적인 에이스였다. 그리고 기술과 체력과 의지와 책임감, 모든 면에서 두 나라를 대표할 만했던 두 투수는, 흠잡을 데 없는 팽팽한 투수전을 이어갔고, 두 팀은 7회까지 나란히 무실점 행진을 벌였다.

구위는 마쓰자카가 미세하게나마 앞선 듯 보였지만 구대성은 노련한 위기관리 능력 면에서 좀 더 높은 위치에 있었고, 그날 현대 유니콘스에서도 손발을 맞춰온 박종호와 박진만 키스톤 콤비의 끈적끈적한 수비망의 도움이 더해지면서 경기의 균형이 만들어졌다. 그리고 그 균형은 1982년에 시작된 승리의 주술, '약속의 8회'가 시작되면서 깨졌다.

선두타자 박진만의 내야 안타와 정수근의 스리번트 감행 성공으로 이어진 1사 2루의 기회. 후속 이병규의 강습 타구는 2루수 글러브에 들어갔지만, 1루 송구가 빗나가며 1루와 3루 주자가 모두 살아남는 행운이 이어졌다. 그리고 박종호가 포수 파울플라이로 물러나며 찬물을 끼얹는 듯했지만, 그날 3연속 삼진을 당했던 이승엽이 가운데 몰린 마쓰자카의 공을 가볍게 밀어쳐 공이 좌중간을 가르며 두 명의 주자를 모두 불러들였고, 김동주마저 쐐기 적시타로 뒤를 이어 이승엽마저 불러들이며 3점을 채웠다.

반면 구대성은 9회 초 1사 후에 마쓰나카와 다나카에게 연속 안타를 내주며 1점을 내주었지만, 대타로 기용된 히로세와 아베를 삼진과 땅볼로 잡아내며 승리를 지켜냈다. 혼자 9회까지 완투하며 155개의 공을 던져 안타 5개만 내주고 11개의 삼진을 잡아낸 완벽한 투구였다.

일본전 승리 공식, 구대성의 호투와 빈타 끝 한 방 이승엽

그날의 승리로 한국 야구는 역사상 처음으로 올림픽 메달을 획득했고, 다시 한번 일본과의 진검승부에서 승리했다. 특히 1977년 니카라과 슈퍼 월드컵 결선리그와 1982년 서울 세계 야구선수권대회 최종전 승리가 아마추어 대표팀 사이의 대결에서 얻은 것이었다면, 2000년 시드니 올림픽에서는 두 나라가 프로야구 최정예 전력을 집중시켜 가린 승부였다는 점에서 훨씬 큰 의미가 있는 승리였다. 일본 야구가 진지하게 한국 야구를 라이벌로 의식하기 시작한 것 역시 그때였다.

중요한 것은 결과보다 과정이라고 하지만, 눈으로 확인되는 결과만큼 과정에 힘을 실어주는 것은 없다. 2000년 시드니 올림픽 동메달은, 꾸준히 성장했지만 누구도 충분히 느끼지 못했던 한국 야구의 수준을 스스로 확인하게 했고, 깊었던 침체기를 딛고 반등하는 힘이 됐다. 21세기를 맞이한 한국 야구는 그런 의미에서 노력에 대한 보상에 행운을 얹어 받으며 시작되었다.

위기에서 이룬 반전,
올림픽 금메달

2000년 시드니 올림픽에서의 성공 이후 한동안 한국 야구는 또다시 침체했다. IMF 경제 위기 여파에 2002년 월드컵의 파편까지 맞으며 국내 리그 흥행이 뒷걸음질 쳤고, 국제대회에서의 불운도 겹쳤다. 2004년에는 아테네 올림픽 아시아 지역 예선을 대신한 2003년 삿포로 아시아 야구선수권대회에서 일본과 대만에 패해 3위로 주저앉으며 올림픽 본선 출전도 무산돼버리고 말았다. 또 2006년 카타르 도하에서 열린 아시안게임에서는 류현진과 이대호를 비롯한 프로 선수들을 대거 파견하고도, 대만 및 프로 선수가 포함되지 않은 일본에 또다시 지면서 3위에 머무는 망신을 당했다. 각각 삿포로 참사, 도하 참사라 불리는 사건이다.

삿포로와 도하 참사, 낮아진 기대치

그래서 2008년 베이징 올림픽에 대한 기대는 생각보다 크지 않았다. 삿포로와 도하에서 한국을 연파했던 대만은 물론, 그때 상대했던 것보다 훨씬 강한 일본을 만나야 하고, 메이저리거를 제외해도 여전히 우승 후보인 미국 외에 정식 대회에서 한 번도 이겨보지 못한 쿠바와도 대결해야 했기 때문이다. 올림픽 아시아 지역 예선을 겸한 2007년 아시아 야구선수권대회에서 일본에 우승을 내주며 본선 직행에 실패하고 각 지역 2, 3위 팀들이 모여 최종 예선을 치른 끝에 캐나다에 이은 2위로 본선 출전권을 겨우 따낸 것도 불안감을 가중하는 요소였다.

하지만 막상 본선이 시작되자 한국팀은 풀리그 일곱 경기를 모두 승리하며 조금씩 기대감을 쌓아 올렸다. 미국과의 첫 경기에서 치열한 타격전 와중에 마무리 한기주가 9회 초에 아웃 카운트를 하나도 잡지 못하면서 3실점 해 역전을 허용하는 고비를 맞기도 했지만, 정근우와 이종욱의 수훈으로 9회 말 극적인 역전승을 거둔 것이 시작이었다. 낙승을 예상했던 중국과 캐나다를 상대로는 의외의 고전을 보이며 불안감이 여전했지만, 걱정했던 일본전은 오히려 새로운 일본 킬러 김광현의 등장과 이대호의 홈런 그리고 좌투수 상대로 좌타자 김현수를 대타로 기용하는 통념을 깨는 한 수로 의표를 찔러 결승점을 만들어내 승리하며 기세를 올렸다.

그 뒤 다시 대만에 9대 8이라는 한 점 차 살얼음판 같은 승리를 거두며 결선 리그 진출을 확정한 뒤, 공포의 대상 쿠바와의 예선 마지막 경기는 부담 없이 임할 수 있게 됐다. 그런데 그 경기에서 큰 기대 없이 내보낸 선발투수 송승준이 뜻밖에 7회 1사까지 3실점으로 막아내는 사이, 4회 말 2사 만루 기회에서 강민호와 고영민의 안타가 이어지고 이용규의 땅볼 타구를 잡은 투수의 악송구까지 나오면서 5점을 얻어내며 전세를 뒤집었다. 이후 적시타를 주고받았지만 결국 7대 4로 승리했다. 물론 서로 4강 진출을 확정 지은 상태에서 큰 의미 없는 승부였다고는 하지만, 쿠바를 상대로 한 공식 경기 최초의 승리이며 예선 리그 1위를 확정 짓는 승리였다는 점에서 선수단에 부여되는 의미는 작지 않았다.

쿠바전 첫 승리, 유쾌한 결선행

예선 리그 1위부터 4위를 차지한 한국, 쿠바, 미국, 일본이 결선 리그에 진출해 8년 전 시드니 올림픽 때와 똑같은 구성이었다. 하지만 이번에는 준결승전 파트너가 바뀌었는데, 한국은 일본을, 쿠바는 미국을 만났다.

일본과의 준결승전 선발은 다시 한번 김광현이었고, 김광현은 이번에도 호투했다. 1회에 실책이 겹치며 먼저 1점을 내준 뒤, 3회에도 폭투를 범하며 다시 1점을 허용해 0대 2까지 밀렸지만, 이후 8회 초 수비를 마무리할 때까지 무실점으로

틀어막으며 버텨냈다. 1982년 세계 야구선수권대회 최종전에서 1회 초에 먼저 2점을 내준 뒤 마지막까지 무실점으로 버텨냈던 스무 살의 선동열을 연상시키는 모습이었다.

그 사이 4회 말에는 이용규와 김현수의 안타를 묶어 한 점을 만회했고, 7회에는 이진영의 안타에 2루 주자 정근우가 홈을 파고들며 동점을 만들었다. 특히 그 순간 정근우는 위험한 타이밍이었음에도 포수의 영역을 정확히 우회하면서 발끝으로 홈플레이트를 훑어내는 기술적인 슬라이딩으로 '발근우'라는 멸칭을 단번에 찬사로 뒤집는 묘기를 연출했다.

그렇게 2대 2로 팽팽하게 맞선 채 시작된 8회 말, 안타를 치고 나간 이용규를 1루에 둔 채 대회 내내 1할대 빈타에 허덕이던 4번 타자 이승엽이 타석에 섰다. 시리즈 내내 헛방망이를 돌리던 이승엽 앞에 놓인 경기 후반의 결정적인 기회. 한국 야구의 첫 올림픽 메달을 수확한 2000년 시드니에서 일본과의 3, 4위전 8회 말, 그리고 삼성 라이온즈의 첫 역사를 만든 2002년 한국시리즈 6차전 때와도 같은 상황이 왔다. 그리고 그날도 삼진과 병살타로 부진했던 이승엽은 어김없이 일본의 좌완 투수 이와세의 몸쪽 공을 부드럽게 걸어 올렸고, 그렇게 날아오른 공은 베이징 우커송 야구장의 오른쪽 펜스를 넘기는 2점 홈런으로 다시 한번 '약속'을 실현했다. 뒤를 이은 김동주의 안타에 이어 고영민이 좌측 외야로 큰 타구를 띄웠을 때, 심리적으로 무너진 일본 외야수 G.G. 사토의 수비 실수가 겹치고 강민호의 중견수 키를 넘기는 2루타까지 이어지며 보탠 2점은 쐐기가 됐다. 6대 2, 한국의 결승전 진출.

되풀이된, 바닥을 친 이승엽의 결정적 한 방

쿠바와의 결승전은 역설적으로 많은 팬이 편한 마음으로 지켜본 한 판이었다. 한 편으로는 이미 최소한 사상 최초가 될 은메달을 확정 지어 놓은 상황에 포만감을 느꼈고, 다른 한편으로는 쿠바를 이겨 금메달을 딴다는 것까지는 쉽지 않은 일로 여겨 미리 마음을 접어두는 이들이 많았기 때문이다.

물론 예선 리그에서 사상 첫 쿠바전 승리를 거두기는 했지만, 그건 어쨌거나 이미 두 팀 모두 4강 진출을 확정한 상태에서, 굳이 무리할 필요가 없는 승부였다. 1970년대 이래 쿠바는 만나면 늘 지는 상대였고, 져도 두 자릿수 점수 차이로 크게 지는 상대였으며, 그래서 이름만 들어도 두려움이 느껴지는 상대였다. 오죽하면 연세대 시절 자그마한 체구에도 잘 맞히고, 멀리 치고, 잘 뛰고, 심지어 잘 던지기까지 하는 대학 리그 최고 선수 박재홍에게 '마치 쿠바 선수처럼 잘한다'라는 의미로 '리틀 쿠바'라는 별명을 붙였을 정도였다. 그런 쿠바와의 진검승부에서 승리한다는 것은, 그 시점의 한국 야구인과 야구팬들에게는 상상하는 것만 해도 버거웠다.

하지만 기세를 올라타면 점점 강해져 능력치 이상을 이루어내곤 하는 것이 한국팀의 전통적인 강점이다. 오히려 더 부담 없이 가벼운 기분으로 경기에 임한 한국대표팀 선수들은 유난히 몸이 가벼웠다. 1회 초 시작하자마자 늘 잘했던 이용규의 안타와 내내 부진하다가 일본과의 준결승전에서 결정적 홈런으로 부담을 털어낸 이승엽의 홈런이 이어지며 두 점을 선취했고, 7회에도 이용규의 2루타에 힘입어 한 점을 추가했다. 하지만 쿠바도 1회 말과 7회 말, 실점 직후 곧 솔로홈런 한 방씩을 날려 바짝 따라붙는 강팀의 면모를 보이며, 3대 2의 팽팽한 승부가 이어졌다. 그리고 운명의 9회 말. 단 2실점으로 마지막 순간까지 끌고 온 선발투수 류현진의 체력이 고갈되고, 주심의 석연치 않은 개입이 더해지면서 위기 상황이 연출되었다.

쿠바 선두 2번 올리베라가 좌전안타를 친 뒤 3번 엔리케스의 번트로 2루까지 진루했다. 2루 주자를 들여보내면 동점이 되지만, 여기서 더 타자를 내보내면 역전을 걱정해야 하는 상황. 류현진은 4번 타자 세페다를 회피할 필요가 없었지만, 마지막 집중력을 끌어모아 스트라이크존 구석으로 정교하게 제구한 공들이 잇따라 볼로 판정되면서 1루가 채워졌다. 그리고 반드시 승부를 겨뤄 결과를 만들어야 했던 5번 알렉세이 벨의 타석에서마저 회심의 승부구들이 계속 볼로 판정되었고, 결국 볼넷이 허용되며 1사 만루의 막다른 골목으로 몰리게 됐다.

더구나 벨에게 던진 마지막 공이 볼로 판정되던 순간, 경기 내내 유지되던 스트라이크존이 갑자기 좁아졌다고 느낀 포수 강민호가 몸을 돌려 의문을 표시하자 푸에르토리코 출신의 주심 카를로스 레이 코토는 단호하게 퇴장 명령을 내리며 한국 팀을 더욱 몰아붙였다. 강민호가 미트를 두 번이나 팽개치며 격하게 항의했지만, 사흘 뒤 통보된 벌금 액수만 추가됐을 뿐이었다.

김경문 감독은 어쩔 수 없이 부상 때문에 뛸 수 없었던 베테랑 진갑용에게 마스크를 씌워 내보냈고, 투수 역시 선수단에서 가장 안정된 제구력을 가진 전 시즌 우승팀 SK 와이번스의 마무리 투수 정대현으로 교체했다. 짧은 안타 하나만으로도 역전 끝내기 점수가 만들어질 수 있는 아찔한 순간이었다. 게다가 내내 앞서왔던 경기를 마지막에 내줄 위기 상황에서 주전 포수의 퇴장까지 목격하며 선수들의 심적 상태도 흔들렸다. 이미 올림픽 정식 종목으로 치러진 세 번의 대회에서 모두 승리하며 금메달 3개를 가져갔던 쿠바는 여유가 있었고, 사상 첫 금메달 도전이 마지막 순간 물거품 될 위기에 몰린 한국은 극도로 긴장할 수밖에 없는 상황이었다.

하지만 바뀐 투수 정대현의 얼굴에는 전혀 긴장하는 기색이 없었고, 쿠바의 전설적인 강타자 율리에스키 구리엘을 상대로 무덤덤하게 스트라이크 두 개를 연달아 던졌다. 좁아지던 주심 역시 트집 잡기 어려운, 하지만 천하의 구리엘이라도 함부로 건드릴 수 없게끔 낮게 깔려오는 낯선 궤적의 언더핸드 싱커. 그리고 역시 피하기 힘든 위기 상황에서 최고의 선택은 단순한 정면 승부라는 듯 가운데 낮은 쪽으로 찔러 넣은 세 번째 스트라이크는 구리엘이 건드릴 수밖에 없었고 정대현이

의도한 대로 그 타구는 유격수 박진만의 글러브에서 시작해 2루수 고영민과 1루수 이승엽에게 이어지는 병살타가 되고 말았다. 극적인 한 점 차 승리로 얻어낸, 한국 야구의 사상 첫 올림픽 금메달이었다.

올림픽 금메달, 특별한 울림

올림픽이란 한국인에게 특별한 울림을 주는 단어다. 나라가 없던 시절 금메달을 딴 손기정 선수 가슴의 일장기에 얽힌 소동을 겪으며 '나라'를 생각하게 했고, 88 서울올림픽 유치 결정 장면이 수백 번 재방송되는 것을 보면서 '바덴바덴'이라는 독일의 작은 도시와 '쎄울, 코레아'라는 발음이 마음속에 남았다. 올림픽이 열리는 기간에는 정치, 경제, 문화 등 모든 부문의 뉴스가 단신 처리됐고, 메달을 다투는 한국 선수들의 경기 장면이 방송될 때는 대입 시험을 앞둔 고3 교실에서도 시청각 교육용 TV가 잠시 켜지곤 했었다. 심지어 산업화 시대에는 올림픽이나 IOC와 아무 관계도 없는 '월드 스킬'world skill이라는 국제 기술 경연 대회에 자의적으로 '기능 올림픽'이라는 이름을 붙여 전국 실업계 고등학교 학생들의 메달 획득 의지에 불을 붙이기도 했을 정도였다.

그래서 올림픽은 '국가'라는 추상적인 단어를 이미지로 구체화하는 시간이었고, 동시에 각자 영역에서 '세계 최고'라는 상징적인 단어를 꿈속으로 품게 하는 공간이었다. 그런 올림픽에서, 일본과 쿠바의 최정예 대표팀을 상대로 두 번씩이나 완승하며 얻어낸 금메달은 한국 야구가 세계를 제패했다는 표현에 어떤 부연 설명도 필요 없게 만드는 일이었고, 야구를 하고 보고 즐기는 일에 거리낌 없도록 자부심을 심어주는 사건이었다.

그런 배경에서 2008년 올림픽 금메달은 '베이징 세대'라는 표현을 낳을 정도의 광범위한 영향을 만들어냈다. 그것은 IMF 경제 위기 여파로 침체기를 겪기 시작한 뒤로 좀처럼 반전의 계기를 만들지 못한 한국 야구에서 발생한 강력한 반격이었고, 야구에 대한 특별한 감정 없이 자라온 젊은 세대와 여성들까지 야구장으로 끌어들인 결정적인 계기가 되었다.

손민한은 어떻게 알렉스 로드리게스를 삼구 삼진으로 잡아냈나?

세계적인 관점에서 봤을 때 야구 보급과 발전이 느린 가장 중요한 이유 중 하나는 메이저리그 사무국의 고립주의 때문이었다. 명실상부 자타 공인 세계 최고의 야구 선수들이 뛰는 메이저리그는 미국과 캐나다 외 지역으로 시장을 확대할 절실한 필요성을 느끼지 못했고, 외부에서 마땅한 경쟁 상대나 도전 세력을 발견한 적도 없었다. 그들에게 세계 최강이란 국제 대회 우승자가 아닌 미국 프로야구 양대 리그인 내셔널리그와 아메리칸리그 승자들 사이의 최종전인 '월드시리즈' 우승자를 의미할 뿐이었고, 북미 이외의 지역은 간혹 흥미로운 유망주가 발견되는 제2의 선수 공급처 정도로 인식될 뿐이었다.

또 다른 미국의 인기 스포츠인 농구가 1992년부터 프로 최고의 스타플레이어들로 '드림팀'을 구성해 올림픽에 출전시킨 것과 달리 야구는 올림픽 기간 중 리그 운영이 차질을 빚는 것을 꺼려 선수 파견을 거부해왔다. 하지만 올림픽에서 야구의 정식 종목 지위가 흔들리고, 아마추어 야구 국제기구들이 존폐의 기로를 걱정할 만큼 피폐해지면서, 메이저리그 사무국도 약간의 태도 변화를 보이기 시작했다. 물론 절실한 필요를 절감해서라기보다는, 쌓여가는 외부의 비난 여론에 대한 소극적 대응 차원에 가깝긴 했다.

그런 맥락에서 2006년, 미국 프로야구MLB 사무국 주도로 축구의 월드컵과 유사한 위상을 지향하는 세계 대회를 창설하는데, 그것이 바로 월드 베이스볼 클래식WBC이다. 그 대회 창설의 직접적 계기가 된 것은 2005년 IOC 총회에서 야구가 올림픽 정식 종목에서 제외된 사건이었다. 그렇게 떠밀리듯 시작한 대회는, 비록 여러 졸속인 면이 드러나기도 했지만, 미국과 일본 프로야구의 대표 스타플레이어들이 모두 참여한다는 점에서 큰 화제를 모았다.

특히 프로야구 리그를 운영하는 국가들이 많지 않고, 국가 간 전력 차가 크다는 점을 보완하기 위해 선수 국적이 아니라 혈통적 연관성만 있다면 해당 국가의 대표로 출전할 수 있도록 출전 조건을 완화했는데, 예컨대 이탈리아계 이민 3세인 미국인 마이크 피아자가 이탈리아 야구 대표팀으로 출전할 수 있도록 하는 식이었다. 다수의 유럽 이민자 가문 출신 선수들을 통해 유럽에 야구 문화를 전파하려는 의도로 읽히는 대목이다.

첫 대회에서 주최국인 동시에 당시 메이저리그 최고액 연봉을 받던 알렉스 로드리게스를 비롯한 슈퍼스타들로 팀을 구성한 미국이 절대 강자로 분류된 것은 당연했다. 미국 다음으로 스타급 메이저리거를 많이 보유한 도미니카, 베네수엘라, 멕시코 등이 우승에 도전할 수 있는 팀들로 꼽혔고, 미국에 이어 두 번째로 규모가 큰 프로 리그를 가진 일본이 잠재적인 도전 팀으로 평가받는 정도였다. 그에 비해 한국은 '복병'이라고 하기에도 민망한 평범한 도전자 그룹에 불과했다. '세계 3대 프로야구 리그'를 보유했다고는 하지만 1, 2, 3위 리그 간 규모와 수준 차이가 매우 컸고, 최대 최고의 메이저리그에서 뛰는 선수들 수는 미국과 지리적으로나 문화적으로 가까운 북미 지역 나라들에 한참 미치지 못했기 때문이다.

미국과 메이저리거의 위상은 그들이 받는 연봉의 압도적인 수준만으로도 쉽게 가늠이 되었다. 예컨대 2006년 시즌 알렉스 로드리게스의 연봉은 2,500만 달러로 원화 환산 300억 원 가량이었는데, 그에 비해 국내 프로야구에서 연봉 총액이 가장 적은 구단은 28억 8천만 원으로 선수단 전체를 구성한 두산 베어스였다. 당시 한국 프로야구 리그 8개 구단 선수 전체 연봉 총액은 실제로 300억 원 안팎이었으니, 알렉스 로드리게스 한 사람 연봉이 한국 프로야구 리그 선수 전체 연봉을 합친 것과 비슷한 수준이었다. 하지만 막상 대회가 시작되자 파란이 일어났고, 주인공은 한국과 일본이었다.

최강 미국, 복병 일본, 기타 등등 한국

첫 대회 출전팀은 별도 예선 없이 사무국이 16개 국가를 선정해 초청했는데, 아시아에서는 이견 없는 3강인 한국, 일본, 대만과 함께 거대 시장의 잠재력을 인정받는 중국이 초청됐고, 아메리카에서는 미국, 캐나다, 멕시코, 쿠바와 도미니카, 베네수엘라, 파나마, 푸에르토리코 8개국이 출전했다. 나머지 지역에서는 유럽의 전통적인 강국인 네덜란드, 이탈리아와 더불어 호주와 남아프리카 공화국이 선정되었다.

16개 나라를 4개국씩 4개 조로 편성해 각 조 1, 2위 팀이 2라운드에 진출해 다시 2개 조로 나누어 경쟁하고, 그 2개 조 1, 2위 팀이 4강을 의미하는 결선 라운드에 올라가서 준결승과 결승전을 벌이는 토너먼트 방식이었다. 하지만 문제는 예선 1라운드의 1, 2위 팀이 2라운드에서 흩어지는 것이 아니라 함께 다음 라운드에서 같은 조로 묶이며, 2라운드도 함께 통과하게 될 경우 결선 라운드 준결승에서도 다시 만나게 되는 기괴한 방식이었다. 주최자인 MLB 사무국이 그렇지 않아도 절대 강자로 평가받는 미국의 우승 가능성을 좀 더 확실히 높여두기 위해, 객관적 전력이 강하다고 평가된 아메리카 대륙 팀들을 피해 상대적으로 약한 아시아 팀들과 함께 묶이게 해둔 의도가 뻔하게 보이는 편성 방식이었다.

하지만 정작 그 문제를 적나라하게 수면 위로 드러낸 것은, 예상을 깨고 선전을 이어간 한국과 일본이었다. 한국과 일본은 예선 1라운드 같은 조에서 만나 한 번 맞대결을 벌였고, 함께 2라운드에 진출해 다시 한번 같은 조에 묶이며 2차전을 치렀다. 일본과의 두 차례의 맞대결에서 모두 승리한 한국은 모두의 예상을 깨고 미국과 멕시코마저 격파하며 조 1위로 결선 라운드까지 올라섰는데, 한국이 미국을 4점이라는 큰 점수 차로 눌러준 덕분에 1승 2패에 그친 일본도 득실점 계산 끝에 미국과 멕시코를 따돌리고 함께 결선 라운드에 나가면서 상황은 더 우습게 되었다. 심판들의 애정 가득한 편파 판정까지 더해졌는데도 최강팀 주최국 미국이 조기 탈락한 반면, 미국으로부터 훌륭한 들러리 감으로 낙점받았던 한국과 일본이 준결승에서마저 다시 만나면서, 토너먼트에서 무려 세 차례나 반복 대결하는 진풍경을 연출하고 만 것이다.

한일전, 한일전 그리고 또 한일전

당황스러울 정도로 반복된 한일전에서, 그나마도 약한 쪽으로 분류됐던 한국은 거듭 일본을 몰아붙였다. 예선 1라운드에서는 서재응, 김병현, 구대성, 박찬호 등 메이저리거들이 일본 타선을 완전히 봉쇄하는 사이 홍성흔과 이종범의 적시타로 2점을 내며 승리했고, 2라운드에서는 0대 0으로 팽팽하다가 역시나 8회 초에 터진 이종범의 결정적인 2타점 적시타로 또다시 승리했다. 하지만 준결승에서 이루어진 세 번째 대결에서는 절치부심한 일본의 선발 우에하라 고지에게 눌린 타선이 끝내 득점에 실패한 반면, 잘 버티던 투수진이 7회에 전병두와 김병현, 손민한이 연달아 무너지며 6점을 내주고 무릎을 꿇고 말았다.

세 번 만나 두 번 이겼지만 결정적인 한 번의 패배로 결승전 티켓은 일본에게 돌아갔고, 일본은 결승전에서 마쓰자카 다이스케의 활약 속에 쿠바를 꺾고 첫 우승자라는 영예를 차지했다.

이 대회는 주최자 미국의 왜곡된 경기 설계 속에 한국과 일본이 '지긋지긋하게 만나며' 역설적인 주인공으로 집중 조명을 받았고, 그렇지 않아도 뜨겁던 두 나라의 대결은 더욱 과열되며 여러 후일담을 남겼다. 대회 직전 일본 대표팀의 간판 이치로가 '30년간 한국이 일본에는 손을 댈 수 없겠다는 느낌이 들도록 이기고 싶다'라고 발언해 한국 선수들과 팬들을 자극했고, 한국 투수 배영수는 선배 구대성과 의논한 끝에 이치로의 엉덩이를 공으로 때려 응징했다. 그리고 예선 2라운드에서 두 번째 승리를 거두었을 때는 선수들이 마운드에 태극기를 꽂아 쓰라린 일본의 상처에 소금을 뿌렸고, 일본 언론은 '다시는 마운드에 깃발을 꽂지 말라'라고 질타하며 일본 대표팀을 몰아붙였다.

물론 우승의 영광은 일본이 가져갔고, 한국의 진격은 4강 무대에서 끝나긴 했다. 하지만 한국 야구의 수준이 세계 최정상급에 밀리지 않는다는 사실은, 일본이 우승을 차지한 사실과 더불어 전 세계 야구팬들을 놀라게 했고, 한국 야구를 잘 안다고 생각했던 한국의 야구팬들 역시 못지않게 놀랐다.

3년 만에 되풀이된, 한일전 시리즈

3년 뒤인 2009년에 열린 2회 대회에서도 비슷한 전개가 이어졌다. 1회 대회 우승국 일본에서 열린 2회 대회에서도 같은 조에 편성된 나라들이 계속 만나게 되는 대진표 문제는 여전했고, 그 문제를 개선하려고 신설했다는 '더블 엘리미네이션'이라는 기괴한 제도가 오히려 더 큰 문제를 일으켰다. 두 번 지면 탈락하도록 하는 방식으로 경기 수를 늘린 것인데, 한국과 일본은 예선 1라운드에서 이미 두 차례 맞붙은 데 이어 2 라운드에서도 또 두 번을 맞붙으며 '한층 더 지긋지긋해진' 한일전 시리즈를 이어갔다.

다행히 이전 대회와 달리 준결승은 각기 다른 나라를 상대하게 됐는데, 한국은 베네수엘라를, 일본은 미국을 만난 것이다. 하지만 두 나라 모두 상대를 누르면서, 이번에는 한국과 일본이 결승전이라는 좀 더 큰 판에서 만나고 말았다.

예선 라운드에서 벌인 네 번의 대결에서 각각 2승 2패씩 나누어 가진 한국과 일본의 결승전은, 2000년 시드니 올림픽 3, 4위전에서 최정예 국가대표 간 대결을 벌여 한국이 처음 승리한 이후 10여 년간 이어진 혈전에서 정점에 해당하는 경기였다.

경기의 서막은 일본이 주도했다. 대회 내내 한국 마운드를 지탱해온 실질적인 에이스 봉중근이 혼신의 역투를 이어갔지만 4회 초 고영민의 실책이 엮이며 먼저 한 점을 내준 반면, 타선은 일본 선발 이와쿠마의 구위에 완벽히 눌리며 타순이 한 바퀴 돌아간 3회 말까지 퍼펙트로 끌려갔다.

하지만 한국은 5회 말 추신수의 홈런 한 방으로 동점을 이룬 뒤, 7회와 8회 각각 한 점씩을 잃었지만, 8회 말 이범호의 2루타와 이대호의 희생플라이를 묶어 한 점을 따라갔다. 그리고 9회 말 2사 1, 2루에서 이범호가 승리를 굳히기 위해 나선 일본의 마무리 다르빗슈 유를 상대로 또다시 극적인 적시타를 때려내며 경기를 연장으로 끌고 가는 데 성공했다. 내내 앞서 가던 일본을 마지막 순간에 주저앉히며 돌입한 연장전. 아무래도 기세를 등에 업은 쪽은 한국이었고, 10년 내내 결정적인 순간에 덜미를 잡혀 온 일본은 한 자락 불안감에 사로잡히기 시작한 순간이었다.

그리고 연장 10회 초, 일본은 선두로 나선 6번 타자 우치카와 세이이치가 우전안타를 때린 데 이어, 7번 구리하라의 희생번트, 8번 이와무라의 좌전안타가 이어지며 1사 1, 3루의 찬스를 만들었고 9번 가타오카가 3루수 파울플라이로 물러나면서 2사로 바뀌었다. 이제 아웃 카운트 하나를 잡으면 되는 상황에서 한국 투수 임창용은 타석의 이치로에게 집중하기로 했고, 1루 주자가 무관심 도루로 전진하며 상황은 2사 2, 3루로 바뀌었다.

한국 무대의 최정상에 선 뒤 일본에서 활약하던 임창용과
일본에서 모든 것을 이룬 뒤 메이저리그로 옮겨 다시 그곳 정
상에 선 이치로. 특히 끊임없는 도전을 통해 한계라고 불리던
것들을 깨뜨려 나간 두 개척자는 그 순간 한일 두 나라의 자존
심을 등에 업은 채 마주했고, 피 말리는 승부가 8구까지 이어
졌다.

그 순간 벤치의 김인식 감독은 이치로를 1루로 내보내고 다
음 타자와 승부하라는 사인을 냈지만, 그 사인은 투수코치 양
상문을 거쳐 투수 임창용에게 전달되고, 다시 임창용의 머리
와 가슴을 거쳐 손끝으로 전해지는 사이 어딘가에서 뒤집혔
다. 잡을 수 있다는 혹은 잡아야 한다는 승부사의 직감이었을
수도 있고, 이치로이기 때문에 잡아내고 싶다는 한국인의 감
정이었을 수도 있다. 그것이 코치였는지, 투수였는지는 정확
하지 않다. 어쨌거나 투수 임창용은 9번째 공을 한가운데로
던져 넣었고, 역시나 백전노장 이치로는 그 공을 정확히 맞혀
중견수 앞으로 보내며 두 명의 주자를 모두 홈으로 불러들였
다. 뼈아픈 한 방이었지만, 무모하게까지 보였던 그 정면 승부
에 대해 많은 이들이 입술을 깨물면서도 고개를 끄덕인, 그런
마침표였다.

만나고 또 만나서 한 번 이기고 한 번 지기를 반복한 끝에
마지막 결전의 마지막 순간까지 치열하게 맞선 끝에 받아들였
지만, 결과는 5대 3의 뼈아픈 패배였다. 결국, 일본은 두 대회
연속 우승의 위업을 달성했고, 한국은 세계를 놀라게 하고도

눈물을 흘려야 했다.

뼈아픈 패배, 하지만 놀라운 자기발견

하지만 3년 간격을 두고 두 번이나 반복된 전개는 한국 야구의 기술적 수준을 확신하게 했다. 아시아 야구 수준이 세계 야구의 중심인 북중미 지역에 절대 떨어지지 않으며, 그중에서도 한국 야구는 일본 야구의 아류에 불과한 게 아님을 알린 것이다. 또한 미국의 야구팬들도 한일전의 매력에 관심을 가지기 시작했는데, 특히 한국과 일본의 혼신을 다하는 라이벌전은 야구라는 스포츠에서 더 깊이 들어가게 하는 치열한 층위가 존재함을 알렸기 때문이다.

WBC에서 두 차례에 걸쳐 거둔 기대 이상의 성공은 국내적으로는 프로야구 관중이 급증하는 현상으로 이어졌으며, 국외적으로는 메이저리그를 비롯한 해외 리그에서 한국인 선수들에 대한 평가가 격상되며 다시 한번 해외 진출 선수가 급증하는 현상으로 이어졌다.

1990년대 말 외환 위기와 2002년 한일 월드컵이 촉발한 축구 붐에 밀리며, 2006년 304만 명에 머물던 프로야구 연간 관중은 2007년 410만 명으로 35%가량 증가했고, 2008년 525만, 2009년 592만 명으로 빠르게 늘어나, 1995년 540만의 연간 최다 관중 기록을 넘어섰다. 그리고 1990년 법률 개정 이후 올림픽 3위, 아시안게임 1위로 강화되었던 특례 자격에 미달했던 2006년 WBC 3위 성적을 올림픽 3위와 대등한 것으로 간주해 대표팀 출전 선수 전원에게 병역 특례 혜택을 부여하기도 했다. 1982년 세계 야구선수권대회 우승이 법 개정을 통한 병역 특례 혜택 확대로 이어졌던 것과 마찬가지로 국민적 열광과 정책적 지원을 끌어낸 긍정적인 피드백이었다. 2000년대 이후 지속된 야구 발전의 한 결과인 기술적 성장이 국제대회에서의 성과로 이어지며, 다시 대규모 팬층을 형성해 더 많은 투자와 정책적 지원을 끌어냄으로써 2000년대 한국 야구 문화가 확대되는 과정을 더욱 강화한 것이다.

4부

한국 프로야구는
어떻게 만들어졌을까?

프로야구는 정말
전두환이 만들었을까?

"내 친구 중에도 1980년 5월에 광주에서 희생된 사람이 있지만, 야구인으로서는 오늘날의 나를 있게 해준 전두환 대통령을 인정하지 않을 수 없다." 해태 타이거즈 출신의 한 야구인이 한 말이었다. 비단 그가 아니라도 야구인 중에는 '역대 대통령 혹은 정치인 중 가장 존경하는 이'로 전두환을 꼽는 경우가 종종 있다. 야구팬들 사이에서도 이유와 맥락에 대한 평가와는 별개로 프로야구 창설과 야구 문화 발전은 전두환 시대의 업적이라는 인식이 일반적이다.

한국 프로야구는 1981년 12월 11일에 창설된 한국야구위원회KBO가 1982년 3월 27일 출범식과 개막 경기를 열면서 시작되었다. 그 과정에서 정부와 청와대의 역할은 분명 결정

적이었다. 한국야구위원회 창
설 기획안이 당시 전두환 대
통령의 결재를 거쳐 청와대
사회 문화 수석 비서관실의
지원을 통해 추진되었으며,
초대 총재 역시 대통령의 낙
점을 통해 선임되었기 때문이
다. 그런 점에서 '한국 프로야
구를 전두환이 만들었다'라는
인식은 사실에 가깝다.

하지만 그런 사실로부터
더 나아가 "전두환 대통령이
아니었다면 한국에서 프로야

**한국야구위원회 초대 총재 선임 대통령 결
재** 한국야구위원회의 초대 총재 서종철은
전두환 대통령의 낙점을 받아 선임되었다.
ⓒ 홍순일 원로 기자

구는 시작될 수 없었을 것"이라거나 "전두환 대통령이 한국
프로야구 창설을 상당 기간 앞당겼다"라고까지 생각한다면
그것은 오해다. 이미 1970년대 중반부터 프로야구 창설 조건
은 무르익어 있었으며, 실제로 프로야구 창설을 주도한 것은
청와대였지만 이를 이끌어간 동력은 다양했기 때문이다.

경기 없는 날엔 석탄 캐던 축구 선수들

종목을 막론하고, 한국에서 '운동으로 밥을 먹는' 혹은 '밥 먹

고 운동만 하는' 사람들이 나타난 것은 1960년대였다. 5·16 군사정변 직후 제정된 〈국민체육진흥법〉은 '선수와 지도자 보호 육성'을 정부와 지방자치단체의 역할로 규정하고 시행령을 통해 '상시 100인 이상 종업원을 가진 국가나 공공단체, 기관, 기업체, 단체는 직장체육진흥관리위원회를 구성해야 한다'라고 정했다. 그리고 군사정변 직후 국유화된 시중은행들을 중심으로 자금력을 가진 공공기관들이 정부 시책에 따라 실업 스포츠팀을 대거 창단했다.

1961년에 2개에 불과했던 실업야구팀은 1963년에는 14개로 불어났고, 1950년대 내내 1개와 2개 사이를 오가던 실업 축구팀 수도 1962년에 7개를 거쳐 1969년에는 20개까지 불어났다. 그리고 역시 2개 안팎을 오가던 남녀 농구와 배구 실업팀 수도 1960년대 중반에는 리그 운영이 가능한 6개 이상으로 늘어났다.

물론 직업 선수라고는 해도 오늘날의 프로 선수와 동일한 잣대로 비교하기는 어렵다. 일종의 '체육 특기자' 자격으로 은행을 비롯한 공공기관에 취업한 실업 선수들은 정해진 월급 외에는 각종 대회 우승 수당을 비롯한 약간의 상여금이 수입의 전부였기 때문이다.

그리고 경기가 없는 기간에는 일반 업무에 투입됐는데, 은행 팀 선수들은 창구 업무를 지원하거나 예금 유치 활동을 벌이는 정도에 그쳤지만, 석탄공사 소속 축구 선수들은 탄광에서 석탄을 캐야 했다. 경기 실적이 인사고과에 반영되지 않았기 때문에, 대부분 실업 선수들은 가능한 한 빨리 일반직으로 전환해 경력을 쌓는 쪽을 선호했고, 따라서 은퇴 연령은 대부분 20대 중후반이었다. 회사에서 성인 선수 수명은 군 복무 기간을 포함해 6~7년에 불과했던 셈이다.

물론 대중적 관심이 높은 종목에서는 선수 영입 경쟁도 있었다. 1967년 세계 선수권 대회에서 준우승한 여자농구와 1976년 올림픽에서 동메달을 획득한 여자배구에 대중적 관심이 쏠리면서 여고 졸업반 유망주들에게 1~2년 치 연봉에 해당하는 목돈이 '장학금'이나 '훈련 지원금' 명목으로 주어지기도 했다.

하지만 최소한 70년대 초반까지 야구와 축구에서는 그런 경우가 거의 없었다. 축구는 예나 지금이나 국가 대항전과 국내 경기에 따른 대중적 관심의 차이가 심한 종목이고, 야구는 1970년대 초반 고교 야구 열풍 이전까지는 주목받는 종목이 아니었다. 그래서 1960년대 야구 국가대표팀의 중심타자였던 박영길과 김응용도, 일본 프로야구 타격왕을 지낸 백인천도, 실업야구팀에 입단할 때 계약금이나 보너스를 전혀 받지 못했다.

1970년대 선수 몸값 폭등으로, 대기업의 20년 치 연봉을 받다

그런데 1970년대 후반부터 스포츠 선수들의 유례없는 몸값

폭등이 이어졌다. 1977년 한양대 배구선수 강만수와 숙명여고 농구 선수 전미애가 각각 금성과 한국화장품 실업팀에서 300만 원이라는 역대 최고 계약금을 받아 화제가 됐지만, 1978년에는 고려대 농구 선수 이동균이 현대에서 5,000만 원을 받아 그 기록을 훌쩍 넘어섰고, 1979년 말에도 연세대의 야구 선수 최동원과 송원여고의 배구 선수 제숙자가 각각 롯데와 호남정유로부터 5,000만 원 계약금을 받았다. 그해 현대는 프로 축구팀 창단을 전제로 공군 제대를 앞둔 차범근에게 1억 원 계약금을 제시했지만, 차범근이 독일 프로팀에 입단하면서 무산되기도 했다.

고교와 대학을 졸업하는 최고 유망주에게 주어지던 계약금

최동원 최동원은 한국 야구 역대 최고 투수 중 한 명이기도 하면서, 야구가 국내 최고 인기 종목으로 올라서던 순간 정점에 있던 투수였다는 점에서도 강한 인상을 남겼다. 그가 연세대를 졸업하면서 실업야구팀 롯데에서 5천만 원이라는 역대 한국 스포츠 최고액을 계약금으로 받기로 했을 때, 언론은 "야구 선수가 가장 값싸게 팔리던 전례를 깼다"(동아일보 1980년 12월 1일 자)라고 평가하기도 했다. ⓒ 다큐영화 「1984 최동원」 스틸 (영화 사진)

은 1970년대 중반과 후반 몇 년 사이에 대략 20배가량 뛰어오른 셈이다. 1980년 7급 공무원 초봉이 9만 원이었고, 1978년 대기업 중 가장 많은 급여를 받던 금성사의 대졸 신입사원 초봉이 19만 3천 원이었던 점에 비추어보면, 1970년대 중반까지 서너 달 분 월급에서 많게는 1년 치 연봉 정도로 평가되던 선수 입단 대가가 순식간에 대기업 연봉의 20배 이상 수준까지 치솟은 것이다.

물론 일차적으로는 지속 성장해온 한국 경제의 규모와 특히 1970년대 중반 이후 급격히 확장된 내수 소비 시장과 활성화된 소비문화를 반영하는 것이었다. 1960년에 79달러에 불과했던 1인당 국민 총소득GNI은 1974년 600달러 선을 넘어설 만큼 가파르게 성장했고, 문화적 수요도 함께 확대되면서 스포츠에 관한 관심도 빠르게 커졌다. 1969년 창간 당시 2만 부를 발간했던 국내 최초의 스포츠 전문 일간지『일간스포츠』가 1973년에는 10배인 20만 부를, 1976년에는 다시 4배 늘어난 80만 부를 찍어낼 정도였다.

하지만 기업이 한 명의 선수를 영입하기 위해 한 직원을 20년간 고용할 수 있는 돈을 계약금으로 지급한다는 의미는 그 이상이었다. 단지 연간 두어 차례 단기 대회에 출전해 좋은 성적을 내서 기업의 명예를 빛내는 데 이바지하는 정도로는 도저히 상쇄할 수 없는 수준의 금액이며, 그래서 스포츠를 통해 그 이상의 이윤을 창출하거나 곧 그런 구조가 만들어진다는 계산이 뒷받침되지 않고는 있을 수 없는 규모의 투자였기 때문이다.

실제로 당시 계약금 폭등을 주도한 곳은 1970년대 중반 이후 대거로 실업팀을 창단한 민간 기업들이었다. 1970년 금성사 계열 호남정유가 여자배구팀을 창단했고 1973년에는 미도파백화점을 운영하던 대농이 국세청 여자배구단을 인수했으며, 1975년에는 한국화장품 여자농구팀이 창단되었다. 그리고 1976년 금성사가 남자 배구팀을 만들었고, 1976년과 1977년에는 롯데와 한국화장품, 포항제철 야구팀이, 1978년에는 삼성전자와 현대전자 남자 농구팀이 창단됐다. 이들 민간 기업은 기존 공기업들보다 서너 배 많은 운영비를 지출하며 선수 영입과 마케팅 경쟁을 벌였다.

특히 1970년대 초반 고교 야구 열풍과 함께 국내 최고의 인기 스포츠 종목으로 올라선 야구에 대한 기업들의 투자 확대는 두드러졌다. 특히 이미 일본에서 프로야구단을 운영해온 롯데는 창단 초기부터 거액을 투입한 공격적인 영입 작업으로 실업 리그에 참여한 첫 시즌인 1976년에 하계 리그와 추계 리그를 모두 석권하고, 최우수 감독상(김동엽)과 최우수 선수상(차영화), 최우수 투수상(유남호)을 휩쓸었다. 30명 규모의 여성 고적대 응원단 '롯데 엔젤스'를 운영하고 중요한 경기에는 그룹 임직원 가족을 동원한 집단 응원을 연출하며 응원 문화를 선도했다. 또한 민간 기업 실업야구팀 세 곳은 경기 실적을 적극적으로 포상과 고과 평가에 반영해 선수들이 훈련과 경기에만 집중하도록 유도했다.

1960년대에 공기업과 국가 기관이 지원하는 수준 높은 직장인 스포츠 성격이던 실업 스포츠는 1970년대 중반 이후 "스포츠를 통한 이윤 창출을 시도하는 민간 자본 주도의 산업적 스포츠"로 변화하고 있었다. 특히 야구는 '세미프로' 수준을 넘어 실질적인 프로 스포츠의 단계로 진입하고 있었다. 롯데가 여러 차례 독자적인 프로야구팀 창단을 공언했던 것이나 1976년 '한국 직업 야구 추진 위원회'가 발족하고 실업야구연맹이 조직적으로 가세해 프로야구 창설을 시도했던 것은 그런 상황 변화의 결과였다.

1970년대 프로야구 창설 시도가 좌절된 것은 소비력이나 선수층 부족이 아닌 정부의 반

야구 선수 수요의 팽창 1970년대 후반 스포츠, 특히 야구에 대한 기업들의 투자가 늘면서 선수들에 대한 수요가 팽창했다. 그 결과 선수들의 취업이 확대되고 계약금은 폭등했다. 경향신문 1977년 7월 21일 자는 그해 대졸 예정 야구 선수 전원이 취업에 성공했다고 보도하고 있다. ⓒ 경향신문

대 때문이었다. 안보 위기와 경제 위기를 강조하고 과장하며, 비상 권력의 유지를 정당화하던 유신 체제에서 '함께 즐기며 시간을 보내는' 여가 소비문화의 상징인 프로 스포츠를 용납

하기는 어려웠기 때문이다. 그래서 한국 사회에 프로 스포츠의 시대가 열린 것은, 정치적 정당성 확보를 위해 '금욕' 대신 '욕망'을 이용하기로 한 새로운 군사 정권에 의해서였다. 이미 1974년부터 국내에서 생산해 수출까지 시작한 컬러 TV의 국내 판매와 방송이 유신 시대가 막을 내리기까지 6년 동안이나 금지됐다가 전두환 정권 출범과 함께 허용된 것과 같은 맥락이었다.

프로야구 창설은 전두환 정권 시기에, 청와대 주도로 이루어졌다. 하지만 그것이 전두환 대통령이 아니었다면 불가능했거나 최소한 상당 기간 지연되었을 일은 아니었다. 이미 가능했고 추진되던 일을 박정희 정권이 막았고 전두환 정권은 풀었기 때문이다. 따라서 전두환 정부에 의해 '창조'된 것이 아니라 '해금'되었다고 보는 것이 옳다.

해외에서 뛰던 박철순과 백인천은
왜 한국으로 돌아왔을까?

경동고가 국내에서 전승을 하고, 일본에 초청을 받고 가서 또 잘했어요. 내가 또 홈런을 두 개인가 쳐서 잘했고. 그때 일본의 야구 관계자들이 나를 보고 일본에 오면 3천만 엔을 받을 수 있는 선수라고 평가했다는 기사가 났어요. 그게 계기가 됐어. 내가 그걸 보고 일본 프로야구로 가야겠다는 결심을 했지. _백인천, 전 LG 트윈스 감독

1960년, '원자탄 투수'라는 별명으로 유명했던 이재환(전 일구 회장)과 배터리를 이룬 백인천은 경동고의 32승 2무 무패 전설을 이끌었고, 서울운동장과 일본 진구 구장, 대만의 송산 구장에서 각각 기념비적인 홈런을 날리며, 아시아 야구계의 이목

을 집중시켰다. 올림픽 출전이 꿈이었던 그는 올림픽 정식 종목인 스피드 스케이팅 선수를 겸해 단거리 전국 고교 랭킹 1위에 오르기도 했는데, 그런 분산된 노력이 오히려 그를 최고의 야구 선수로 만드는 바탕이 됐다. 야구 선수들이 금기시하던 근력 운동에 일찍 눈을 떴을 뿐 아니라 단단한 하체 힘과 함께 스피드를 낼 수 있었기 때문이다. 장타력과 주력을 모두 갖춘 포수는 지금도 찾아보기 어렵다.

3천만 엔의 포수 경동고 포수 백인천이 일본 프로야구 선수가 된다면 3천만 엔을 받을 수 있다는 일본 야구 관계자의 평가를 담은 기사. 이 기사는 고려대 진학을 꿈꾸던 소년 백인천을 일본 프로야구의 타격왕으로 바꾼 계기가 됐다. ⓒ 동아일보

백인천이 이끄는 경동고가 일본야구협회의 초청을 받아 그해 고시엔 대회 8강 팀들을 상대로 순회 경기를 벌여 3승 3무 2패의 놀라운 성과를 내고 돌아온 이틀 뒤인 1960년 12월 15일, 동아일보에는 "일화(日貨) 3천만 엔의 포수"라는 제목으로 기사가 실렸고, 그 기사를 읽은 백인천은 인생 계획을 수정했다. 고려대에 진학하려던 그는 일본 프로야구단 입단으로 방향을 수정했고,

그 꿈을 한 해라도 앞 당기기 위해 실업팀 입단을 결심했다. 그리고 실업팀 농협에 입단하면서 "언제든지 해외에 진출하게 되면 놓아달라"라는 조건으로 동의를 얻고, 국제대회에서 성과를 내고 정부 고위 인사와 대면할 기회가 생기자 '일본 진출을 도와달라'라고 부탁하기도 했다.

그런 노력 끝에 1962년 일본 프로야구 도에이 플라이어즈에 입단하면서 해방 이후 한국

스피드 스케이팅 고교 1위 백인천 1961년 동계체전 고등부에서 경동고의 백인천은 49.9의 기록으로 우승했다. 그 기록은 대학부 우승자의 기록(51.2)보다도 뛰어난 것이었기 때문에, 동계 올림픽에 출전하고 싶었던 그의 꿈도 불가능한 것만은 아니었다. 그런 겸업 덕분에 그는 단단한 하체를 기반으로 빠른 스피드와 장타력을 갖춘 포수가 될 수 있었다. ⓒ 백인천

인 최초의 일본 프로야구 선수가 될 수 있었다. 계약금은 그가 꿈꿨던 '3천만 엔'의 10분의 1인 3백만 엔에 불과했지만, 꾸준히 성장해 퍼시픽리그 타격왕에 오르기도 하면서 1980년에는 연봉 1,500만 엔을 받기도 했다.

백인천과 이원국, 해방 후
한국의 1,2호 프로야구 선수

5년 뒤인 1967년, 중앙고 출신의 투수 이원국이 일본 프로야구 도쿄 오리온즈에 입단하면서 백인천의 뒤를 이었다. 중앙고 시절 함께 뛰었던 이광환 전 서울대 감독은 "키가 크고 공이 굉장히 빠른 투수였고, 성격이 순하고 말도 많지 않은 친구였다"라고 회상했다. 185cm의 장신이었던 이원국은 1965년 황금사자기 고교야구대회에서 부산고와의 결승전에서 17탈삼진을 포함해 모두 4경기에서 58개의 삼진을 빼앗고 단 1실점으로 막아내며 중앙고의 우승을 이끌었고, 최우수 선수에 선정되기도 했다.

하지만 프로 선수로서 이력은 순탄하지 않았다. 1967년 도쿄 오리온즈에 입단하긴 했지만, 팀당 보유할 수 있는 외국인 선수를 2명으로 제한하는 규칙이 신설되고 팀 내 경쟁에서 밀려나면서 단 1경기 출전에 그쳤기 때문이다. 결국, 도쿄 오리온즈 소속의 연수 선수 자격으로 미국으로 건너간 그는 마이너리그에서 3년간 16승을 기록한 뒤 다시 멕시코로 넘어가 비로소 정착할 수 있었다. 1972년 멕시칸리그 피라타스 데 사비나스에 입단한 그는 이후 11년간 2,000이닝 이상을 던지며 다승왕을 경험하는 등 모두 149승을 기록해 명예의 전당 헌액 후보에 오르는 정상급 투수가 되었다.

1960년대 백인천과 이원국의 해외 무대 진출은 다분히 돌출적인 성격이 있었다. 동시대에 한국 야구 수준이나 한국 야구계에 대한 해외 무대의 관심과는 무관하게 독보적인 신체 조건이나 신체 능력을 갖춘 선수가 나타났고 해외 리그와 연결되는 행운이 겹쳐 일어난 사건이었기 때문이다. 하지만 10여 년이 지나면서 상황은 많이 달라졌다. 1975년부터 세계 대회에 출전하기 시작한 한국 야구 대표팀이 1977년 니카라과 슈퍼 월드컵에서 우승하는 등 인상적인 모습을 과시했기 때문이다. 특히 1977년에는 세계 대회에서 진검승부를 벌인 일본을 처음으로 꺾으며 일본 프로야구계의 관심도를 한층 높였고, 대회 때마다 개인상 수상자를 배출하며 메이저리그 관계자들의 관심까지 끌기 시작했다.

1970년대 한국 야구, 해외 스카우터들의 출장지가 되다

1975년 1월에는 고려대의 대형 포수 김승수가 일본 롯데 오리온즈의 스프링 캠프에 초청받았고, 그해 여름에는 국가대표 투수 강용수를 놓고 역시 일본 롯데 오리온즈 구단과 감독 사이에 논쟁이 벌어지기도 했으며, 같은 해 가을 대륙간컵 대회를 마친 뒤에는 일본 프로야구에서 400승을 올린 전설적인 재일 교포 투수이자 당시 롯데 오리온즈 감독이던 가네다 마사이치(한국명 김경홍)가 장효조, 김일권, 이선희를 스카우트하고 싶다는 발언을 해 화제가 되기도 했다. 또 1977년 니카라과 슈퍼 월드컵에서 우승한 뒤에는 최동원과 차영화, 그리고 1979년에는 이선희와 김재박이 각각 미국 메이저리그와 일본 프로야구 리그에서 영입 제안을 받았다.

그중 일부는 진지한 영입 제안이라기보다는 '영입하면 좋겠다'라는 막연한 희망이었고, 때로는 "온다면 잘할 수 있을 것"이라는 덕담 정도가 와전된 경우도 있었다. 하지만 확실히 한국 선수들에 대한 관심도는 이전 어느 시기와도 비교할 수 없을 만큼 높아져 있었고, 그것은 한국 야구의 수준과 위상을 반영했다. 예컨대 1981년, 대학 야구 최고의 포수였던 한양대 졸업반 이만수 역시 "한국에서 프로야구가 생긴다는 소식을

첫 우승과 에이스 1982년 한국시리즈 우승이 확정되는 순간, OB 베어스의 선수들이 마운드의 박철순을 향해 달려들고 있다. ⓒ 두산 베어스

듣기 전에도, 해외로 나가 프로 선수가 될 방법은 없을까 생각하고 있었다"라고 회상했을 만큼, 당대 한국의 수준급 선수들에게 해외 프로야구란 아주 아득하지는 않은 현실적인 꿈의 영역으로 진입하고 있었다.

하지만 그중에서 가장 먼저 프로야구 선수의 꿈을 이룬 것은 세계 대회 최우수 선수 이선희나 단골 베스트나인 김재박도 아니었고, 세계적 수준의 강속구와 커브의 배합으로 메이저리그 관계자들을 매료시킨 최동원도 아니었다. 공군 병장을 달고서야 처음으로 스포츠면에 이름을 올리기 시작한 늦깎이 투수 박철순이었다.

이선희와 김재박이 아닌, 박철순이 태평양을 건너다

부산과 대전을 거쳐 서울에서 고등학교를 졸업했을 만큼 순탄하지 못한 성장기를 보낸 박철순은 좋은 체격 조건 덕분에 연세대에 진학했지만, 1학년을 마친 뒤 자퇴하고 군에 입대했을 만큼 선수로서의 성공을 확신하지 못했다. 하지만 공군 야구팀인 '성무'에서 만난 포수 이종도의 자극과 후임병으로 들어온 야구 선배 남우식의 조언을 계기로 환골탈태한다. 특히 1971년 경북고의 전국 대회 본선 경기 대부분을 혼자 던지며 완벽하게 막아내면서 전관왕 신화를 쓴 고교 야구 역사상 최강의 투수 남우식과의 만남은 결정적이었다.

상병 땐데, 이등병으로 남우식 선배가 들어왔어. 나는 군대에 일찍 갔고, 그 선배는 한양대 졸업하고 늦게 왔으니까. 하지만 군대는 '짬'이잖아. 또 그 선배는 워낙 유명했지만, 나는 별 볼일 없었으니까, 내가 누군지도 잘 모르셨고. 내가 잠깐 따라 나오라고 했어. 상병이 따로 불러내니까 이등병이 바짝 졸았지. 그런데 단둘이 있는 데로 가서 깍듯이 인사드리면서, "평소에 선배님을 존경해왔습니다. 저도 투수인데, 제가 공 던지는 걸 좀 봐주셨으면 합니다" 했어. 그랬더니 좀 당황하셨지만, 상병이 그렇게 간절히 부탁하니까 어쩔 수 없었겠지. 그 뒤로 1대 1 과외를 받은 거지. _박철순, 1982년 한국 프로야구 MVP

당대 최고 투수의 지도와 격려는 박철순에게 비로소 자신감을 불어넣었고, 처음으로 세심하게 교정된 투구 폼은 그의 잠재력을 일시에 폭발시켰다. 그 효과는 곧 나타나서 1978년 대학과 실업과 군팀이 모두 출전하는 백호기 대회 결승에서 최동원이 나선 모교 연세대를 상대로 완봉승을 거두며 일약 스타로 떠오르게 했다.

박철순이 전역하자 연세대는 3년 전 그가 제출했던 자퇴서를 찢어버리고 두 팔 벌려 환영했고, 그렇게 복학생이 된 박철순은 1979년 네덜란드 할렘에서 열린 국제 야구대회에서 한국 야구 사상 최초의 쿠바전 승리 투수가 되면서 다시 한번 화제를 모았다. 그리고 그 경기를 계기로 미국 프로야구 밀워키 브루어스에 입단하게 되면서 이원국에 이은 미국 프로야구의 두 번째 한국인 선수가 될 수 있었다.

병역 의무의 벽과 프로야구 창설의 명분

182cm의 좋은 체격과 빠른 공을 던진다는 특기가 있긴 했지
만 박철순이 그보다 한 수 위의 경력을 가진 이선희, 김재박,
최동원이 가지 못한 길을 갈 수 있었던 이유는 의외로 단순했
다. 그가 군필자였기 때문이다.

고교 시절부터 늘 스카우트 경쟁 대상이었던 스타플레이
어들은 대학 스카우트 과정에서 얻은 혜택에 충분히 보답하
고 실업팀 취업을 확정한 이후 군 입대하는 것이 상식이었고,
1981년 말 병역 관련 법이 개정돼 선수들의 병역 특례가 가능
해진 뒤로는 국제대회에서 공을 세운 뒤 병역 특례 혜택을 받
는 길을 노리게 되면서 더욱 입대를 미루는 분위기가 만들어
졌다. 그래서 대부분 유력한 선수들에게 해외 진출이란 '군대
에 다녀온 다음'에야 가능한 일이었고, 그렇게 되면 해외 구단
입장에서는 너무 나이가 많아져버려 매력 없는 선수가 되기
쉬웠다. 하지만 대학 1학년 후 군 복무를 마친 박철순에게는
그 결정적인 벽이 문제가 되지 않았다.

어쨌든 1970년대 후반 이후 한국의 야구 선수들에 관한 관
심이 고조되고 있었고, 실업팀들이 도저히 감당할 수 없는 몸
값과 엄청난 성공 가능성을 제시하는 일본과 미국의 프로야구

팀을 향한 선수들의 꿈도 부풀어가고 있었다. 그 사이를 가로막는 가장 높은 벽은 병역 의무였지만, 흔히 예상하지 못했던 '박철순'부터 그 벽을 넘기 시작했고, 그 뒤를 따르는 선수들은 늘어날 수밖에 없었다. 그러자 아직 스포츠의 세계 시장에 대한 이해가 부족했던 시대, 한국의 야구인과 정치인들은 국내 우수 선수들의 해외 유출을 막을 방법을 진지하게 고민하기 시작했고, 그런 고민의 결과는 프로야구 창설의 명분 중 하나가 되었다.

1981년, 프로야구 창설을 총괄한 이용일 초대 KBO 사무총장은 "남들이 10년에 벌 돈을 1년에 벌 수 있게 해줘야 우수한 선수들이 모두 프로에 모인다"라며 프로야구 선수들의 연봉 기준을 실업야구 일류 선수의 10배로 못 박았다. 그것은

트윈스의 첫 우승과 백인천 감독 1990년 MBC 청룡을 인수해 창단한 첫해에 우승을 차지한 LG 트윈스. MBC 청룡의 창단 감독이었던 백인천은 LG 트윈스에서도 창단 감독이 됐고, 동시에 첫 우승 감독이 됐다. ⓒ LG 트윈스

해외 리그와 비교해도 국가대표 출신을 의미하는 A급 선수는 일본 프로야구 선수의 평균 연봉 이상을 받을 만큼의 파격적인 수준이었다.

그래서 그해 겨울, 귀국해 휴가를 즐기며 다음 시즌을 준비하던 박철순은 메이저리거의 꿈을 포기하고 창단을 앞둔 OB 베어스에 입단하기로 하는데, 그가 받은 계약금과 연봉은 각각 2,000만 원과 2,400만 원이었다. 연봉만 따져도 마이너리그 더블A팀에서 받던 것의 3배가 넘는 수준이었다. 일본에서 이미 정상급 선수의 반열에 올라있던 백인천도 다르지 않았

마운드에 입 맞추는 불사조 박철순 박철순은 한국 프로야구의 원년 MVP로 화려하게 비상했지만, 허리와 발목의 치명적인 부상 때문에 기나긴 재활 시간을 감내해야 했다. 하지만 결국 재기에 성공해 1995년 두 번째 우승에 이바지했고, 마운드에 입을 맞추며 떠나갔다. 그 이후 마운드에 입을 맞추는 것은 송진우, 구대성, 정민태, 주형광, 김현욱 등 수많은 전설적인 투수들의 고별의식이 되고 있다. ⓒ 두산 베어스

다. MBC 청룡의 '플레잉 감독'이었던 그는 감독 연봉과 선수 연봉을 따로 받았는데, 그것을 합친 3,600만 원은 일본에서 받았던 최고 연봉에 근접하는 수준이었다. 최소한 80년대 내내, 한국인 선수들의 해외 진출이 억제된 근본적인 이유는 그런 압도적인 수준의 연봉이었다.

그리고 한국 프로야구의 원년이 된 1982년, 일본에서 돌아온 22년 차 프로 선수 백인천은 4할 1푼 2리의 기념비적인 타율을 기록하며 유일무이한 4할 타자가 됐고, 미국에서 온 3년 차 프로 선수 박철순은 시즌 80경기 시대에 22연승을 포함한 24승을 기록하며 초대 시즌 MVP 자리에 이름을 새겼다. 기회의 땅을 찾아 떠났던 그들에게 한국은 더 큰 기회를 쥐어 주었고, 그렇게 돌아온 그들을 통해 한국 야구는 빠르게 기반을 다지며 더 큰 성장을 시작했다.

19

대기업들의 프로야구단 창단,
정말 울며 겨자 먹기였을까?

기업은 왜 프로야구를 해야 할까요? 1년에 수백억씩 적자를 감수해가면서 말이죠. 홍보 효과가 있지 않냐고 하는데, 물론 우승하면 좋겠죠. 그룹 임직원 사기도 올라가고, 기업 이미지도 좋아지고. 하지만 만약 꼴찌라도 하면? 오히려 욕먹고, 마이너스 효과 생기고…. 원래 하고 싶어서 시작한 일도 아닌데 말이죠.

프로야구 연간 관중이 400만에도 미치지 못하던 지난 2000년대 중반 무렵, 어느 대기업 계열 프로야구단의 고위 인사에게 들었던 이야기다. 그 얼마 뒤부터 프로야구의 인기가 급상승해 관중이 두 배 이상 늘어나고 새 구단 창단 경쟁까지 벌어지면서 잠잠해졌지만, 최근 그 흐름이 한풀 꺾이면서 비슷한 이

프로야구 출범식 1982년 3월 27일 동대문의 서울야구장에서 프로야구 출범식과 개막전이 열렸다. 첫 시구자는 프로야구 창설을 주도한 대통령 전두환이었다. ⓒ 국가기록원

야기들이 다시 들려오기 시작한다. 정말, 한국의 기업들은 왜 프로야구단을 운영하는 걸까? 그리고 애초에 왜 프로야구단 을 만든 것일까?

기업은 왜 프로야구를 할까?

프로야구의 탄생은 제5공화국의 의지가 크게 작용했다. 국민에 게 건전한 오락과 화제를 제공, 흩어진 민심을 한곳으로 모을 수 있는 계기를 마련한다는 근본 취지였다. … 그 어느 기업도 선뜻 나서지 못한 채 정부의 눈치만 보고 있었다. 프로야구를

창단할 경우 선수단 계약금과 연봉 및 구단 운영비와 경상 지출 등을 합치면 연간 7억 원 이상의, 당시로서는 엄청난 예산이 소요되는 데다 프로야구의 흥행도 불투명했기 때문이었다. … 이런 시점에서 삼성의 프로야구 참여 결정은 정부 쪽에 힘을 실어주는 촉매제가 됐다. _삼성 라이온즈 홈페이지 내 '구단 히스토리'

1982년 원년부터 프로야구에 참여하는 명문 구단 삼성 라이온즈의 설명이다. 프로야구의 창설을 주도한 것은 5공화국 정부였으며 삼성은 그 취지에 공감하고 힘을 실어주는 차원에서 프로야구단을 창단했다는 이야기다. 달리 말하면 프로야구란 경제적 타산과는 무관한 정치적 목적에 따라 정부 지시로 만들어졌으며, 기업은 단지 정부 의지와 그 사회적 의미에 공감해 사회적 기여 활동의 일환으로 참여했다는 뜻이기도 하다. 그것은 삼성만이 아닌, 프로야구단을 운영하는 기업 대부분이 표방하는 기본적인 인식이기도 하다.

한국 프로야구는 1981년 5월 청와대 수석 비서관 회의에서 제안되고 그해 가을 이용일과 이호헌이 작성해 대통령 결재를 얻은 '한국 프로야구 창설 계획'에 따라 만들어졌다. 계획서 작성자들이 창설 실무 작업을 맡았으며, 그들에 대한 '협조'를 당부하며 힘을 실어준 것은 당연히도 대통령과 그의 비서관들이었다. 제안자와 설계자, 실행자와 배후 실권자가 분명한 실체를 가진 과정이었던 셈이며, 누가 주도하고 누가 협조했는지도 선명하게 드러난다. 그런 맥락에서 정부가 주도하고 기업이 협조했다는 기업들의 설명에는 잘못이 없다.

하지만 '협조' 차원에서 프로야구에 참여한 일이 기업들에 과연 '울며 겨자 먹기'였는지, 아니면 '울고 싶은데 뺨 때려준' 일이었는지는 좀 더 따져볼 필요가 있다. 전자라면 그나마 내키지 않는 일에 나서고도 40년 동안 꾸준히 적지 않은 적자를 감수하며 프로야구단을 운영해온 기업들에 적어도 야구팬만이라도 감사한 마음을 가져야 하는 게 옳다. 하지만 후자라면 기업들 역시 자신들의 능동적인 경영활동의 일부인 프로야구단 운영에 대해 좀 더 책임 있는 태도를 보일 필요가 있을 것이다.

지역 연고제와 대기업 중심 창설 계획

1976년 재미 사업가 홍윤희와 실업야구 연맹 인사들이 추진하다가 좌초된 '직업 야구 창설 계획'의 뼈대는 5년 뒤 이용일과 이호헌이 작성한 '프로야구 창설 계획'에 그대로 활용되었다. 그 핵심은 지역 연고제였고, 각 지역에 연고를 가진 민간기업이 해당 지역 출신 선수들을 모아 팀을 창설하게 함으로써 애향심을 매개로 국민적 관심을 끌어들인다는 것이 골자였다. 그 계획에 따라 전국이 서울, 인천-경기-강원, 부산-경남, 대구-경북, 호남, 충청의 6개 권역으로 나뉘었고 각 지역에 연고를 가진 대기업들에 프로야구팀 창단을 제의했다.

창설 준비팀은 지역마다 1순위와 2순위 후보 기업을 정해두고 있었다. 서울은 1순위 MBC(문화방송)와 2순위 두산. 인천-경기-강원은 1순위 한국화장품과 2순위 한진. 부산-경남

OB 베어스 창단식 1982년 1월 5일, 6개 구단 중 최초로 OB 베어스가 창단식을 치렀다. 청와대 교육 문화 비서실의 주도로 작성된 '프로야구 창립 계획'에 대통령 결재가 이루어진 지 꼭 2개월 만이었다. ⓒ 두산 베어스

은 1순위 롯데와 2순위 럭키금성. 대구-경북은 1순위 삼성과 2순위 포항제철. 호남은 1순위 삼양사와 2순위 해태였으며, 충청은 1순위 한국화약과 2순위 동아건설이었다.

결국, 서울과 부산-경남, 대구-경북은 1순위 후보 기업이, 호남은 2순위 기업이 참여를 결정했고 충청과 인천-경기-강원은 후보에 없던 기업들이 창단하는 것으로 결론지어졌다. 구체적인 창단 제안이 이루어진 시점으로부터 2개월 이내에 창단이 이루어지고 3개월 이내에 개막전이 치러져야 했을 만큼 촉박한 일정이었기에 그 모든 과정 역시 순탄하게만 흘러가기는 어려웠다.

지역 절반에서 1순위 대상 기업은 정부 제안을 거부한 셈이고, 각 지역 1순위 후보로 창단한 MBC와 롯데, 삼성 역시 이견이 전혀 없었던 것은 아니었다. 그렇다면 그 모든 진통은

기업들이 '내키지 않는 겨자를 먹으며 눈물 흘리는' 과정이었을까?

정부보다 더 적극적이었던 기업들

하지만 흔히 알려진 것과 달리 1982년 프로야구단 창단을 둘러싸고 기업이 난감함을 드러낸 흔적은 찾아보기 어렵다. 6개 중 3개 기업은 정부보다 오히려 더 적극적인 태도를 보였고, 나머지 3개 기업도 약간의 이견 표출이 있긴 했지만, 창단 자체가 아니라 창단 방식에 관한 것이었기 때문이다.

우선 롯데와 MBC는 청와대보다 먼저 프로야구단 창단을 추진하고 있었다. 이미 1970년부터 일본에서 프로야구단 도쿄 오리온즈(현 치바 롯데 마린스)를 인수해 운영해온 롯데는 그 경험을 살려 1975년 한국에서도 실업야구팀 롯데 자이언트를 창단해 경기 실적에 따른 보상 체계와 다양한 홍보 전략 등 프로팀에 준하는 운영을 선보이고 있었다. 또한 MBC도 정권 홍보를 위해 스포츠를 활용한다는 나름의 구상으로 창사 20주년이 되는 1981년 6월에 맞추어 프로야구단을 창단한다는 구체적인 계획을 추진하고 있었다.

삼미의 입장도 적극적이었다. 미국 유학 중에 야구 문화를 접하고 프로야구의 가능성을 확인한 삼미의 김현철 회장이 먼저 프로야구 참여 의사를 밝혔기 때문이다. 삼미가 선택할 수 있는 유일한 연고지 인천은 이미 영광의 50년대를 보낸 이후 20여 년간 긴 침체에 빠져 강한 전력을 구성하기 어려웠을 뿐 아니라 삼미 그룹이 소비재 부문 계열사를 가진 것도 아니라 서 경영적으로 큰 효과를 얻기 어려웠음에도 개의치 않았을 정도로 적극적이었다.

삼성, 두산, 해태 등 나머지 기업도 크게 다르지 않았다. 해 태는 당대에 가장 대중적인 인기가 높았던 김동엽이 감독을 맡아야 한다는 점을 유일한 조건으로 내걸었고, 삼성은 현대 와 대우가 빠지면서 '격이 맞지 않는다'라는 점에 아쉬움을 표 시했던 것으로 전해진다.

두산이 가장 큰 진통을 겪은 경우이긴 했지만, 그것 역시

선수 공개 모집 창단을 결정한 기업들은 선수 확보에 열을 올렸고, 자원이 넉넉하지 못했던 지역에서는 빈틈을 메우기 위해 다양한 노력을 기울였다. 사진은 OB 베어스의 비등록 선수 (비선출) 대상 공개 입단 테스트 등록을 위해 길게 줄을 선 응시자들. © 두산 베어스

창단 자체에 대한 이견 때문은 아니었다. 애초에 서울 연고팀 창단을 원했던 두산은 지역 내 별다른 연고가 없고 고교 야구부의 역사가 짧아 강한 전력을 꾸리기 어려웠던 충청권을 연고지로 창단을 요구받은 데 대해 반발했고, 결국 서울 연고 선수 3분의 1에 대한 지명권과 3년 후 서울 연고지 이전 권리를 보장한다는 타협안을 수용하는 것으로 마무리되었다.

그렇다면 프로야구단 창단 제안을 거부한 기업들의 사정은 어땠을까? 두산의 창단 과정을 복잡하게 만든 충청 지역의 1순위 후보 기업이었던 한화의 경우 프로야구 참여를 강력히 희망했지만, 창업주 김종희 회장이 급작스럽게 별세해 그룹 차원의 승계 작업에 들어가면서 곤란해진 경우였다. 그래서 3년 뒤 두산이 서울로 연고지를 옮기게 됐을 때 남겨진 충청을 연고로 하는 신생팀을 창단한 기업이 한화였다.

삼성과 더불어 한국을 대표하는 대기업이었던 현대 그룹은 총수 정주영이 서울올림픽 유치 작업과 개최 준비 작업을 주도하는 민간 부문의 구심 역할을 하고 있다는 사정이 고려되었다. 실제로 정주영 회장은 1992년 대통령 선거에 출마했다가 낙선한 뒤 본격적으로 프로야구 참여를 시도했고, 결국 1996년 태평양 돌핀스를 매입해 현대 유니콘스로 재창단하기도 했다.

그 외에 비교적 기업 규모가 작았고 소비재 관련 부문과 거리가 있던 삼양그룹(동아일보 계열의 화학 회사)과 동아건설이 내부 논란 끝에 참여를 포기한 사례가 있고, 공교롭게도 그룹 총

해태 창단식 호남을 연고지로 창단한 해태 타이거즈는 연고지 내에서 경쟁력 있는 선수들을 배출하는 학교가 군산상고 하나밖에 없었다. ⓒ 기아 타이거즈

수가 해외 장기 출장 중에 제의를 받아 의사 결정이 늦어지면서 배제된 럭키금성은 1990년 MBC 청룡을 인수해 LG 트윈스로 재창단하기도 했다.

어떤 경우든 프로야구 불참에 대한 정권의 보복이나 실망 표현이 있었다고 말할 만한 근거는 없다. 각자 사정이 있거나 야구에 대한 흥미가 없다면 참여하지 않았고, 참여한 기업들은 제안한 쪽 못지않게 적극적인 태도였다고 보는 것이 합리적이다. 대통령의 말 한마디에 대기업이 공중분해 될 수도 있었던 공포의 시대에, 어떻게 그런 일이 가능했을까? 이유는 간단하다. 당시 한국의 대기업들에게 프로야구는 꽤 할 만한 사업 분야였기 때문이다.

프로야구, 해볼 만한 사업이었다

이미 실업야구 연맹을 중심으로 프로야구 창설을 추진하다가
정권의 압력에 눌려 무산됐던 1976년으로부터 5년이 흘렀고,
이미 어느 정도 형성되어 있던 조건은 더욱 무르익어 있었다.
물론 기업의 생살여탈권을 가진 정부가 교체되며 프로야구에
관한 태도도 반전되었다는 점이 가장 중요했지만, 그 외의 경
제적 조건도 확연히 달라져 있었다.

우선 지속적인 경제 성장에 더해 오일쇼크의 충격도 다소
해소되면서 내수 소비 시장이 크게 확대되었고, 결정적으로
컬러 TV 방송이 시작되면서 미디어 시대가 열렸다. 내수 소
비 확대와 미디어의 성장을 보여주는 단면이 광고 산업인데,
1970년대 내내 국민 총생산GNP의 0.4% 선에 머물다가 1975
년에 처음 0.6%를 돌파한 총 광고비는 1980년에는 0.8% 수
준까지 성장해 있었다.

1982년 1월 20일 전두환 대통령은 6개 프로야구단 구단주
를 청와대로 초청했고, 그 자리에서 각 부 장관에게 직접 지시
사항을 전달했다. ▲ 언론 기관을 통해 대대적으로 홍보할 것
▲ TV 골든아워에 외화와 드라마, 연예 프로들을 줄이고 대
신 프로야구 중계방송을 적극적으로 할 것 ▲ 구단들이 흑자
가 될 때까지 면세 조치하고 선수들이 비시즌에 방위병으로
나누어 병역에 복무할 수 있도록 할 것.

대통령 지시는 그대로 실행되어 1983년 MBC만 따져도 전

체 300경기 중 TV로 70경기, 라디오로 121경기를 중계방송
했다. KBS도 크게 다르지 않았는데, KBS의 B가 야구Baseball
냐는 농담이 유행할 정도였다.

3개 채널을 독점하던 두 방송국이 TV를 통해서만 각각 연
간 200시간 안팎의 야구 경기를 중계방송했다고 추산할 수 있
는데, 이는 각 구단으로서는 연간 50여 회에 걸쳐 3시간가량
화면과 캐스터의 목소리를 통해 기업 이름과 로고를 대중에게
노출할 기회를 누린 셈이다. 당시 TV 방송 단가가 30초당 80
만 원 안팎이었다는 점에 비추어 그 광고 효과는 최소한 연간
수십억 원 이상에 달했다고 볼 수 있다. 물론 정부 시책에 협조
한 기업으로서 누릴 수 있는 무형의 정책적 이익은 덤이었다.

특히 1980년대 초반 대부분 재벌기업은 이미 수십 가지의
사업 분야에 진출하고 있었고, 그룹 이미지 홍보를 통해 얻을
수 있는 경제적 이익은 더욱 컸다. 프로야구단 운영을 통해 얻
을 수 있는 최대 이익이 홍보 효과라면 단지 상품만이 아니라
기업 이미지를 전반적으로 개선하는 것이 보다 효과적인 방법
이었다.

또한 당시 대기업들은 정치 권력과 유착해 성장해왔다는
대중의 부정적 인식을 무마할 계기도 필요했다. 전두환 정권
은 군사정변 직후 전 정권 핵심 인사들을 부정 축재자로 단죄
하면서 그들과 유착했던 기업인들의 과오를 함께 폭로하는 여
론전을 벌였기 때문이다. 프로야구는 1980년대 초반 한국의
대기업들이 안고 있던 과제들을 한꺼번에 해결할 좋은 기회였

다. 게다가 정부에서 먼저 꼼꼼한 계획과 그 실현을 위한 넉넉한 지원방안까지 제시했고, 기업으로서는 그것을 수락하는 형태를 취하는 것으로 충분했다.

다시 맞은 위기의 시대, 올바른 관계 인식 필요

프로야구 창설은 기업들의 합리적 판단에 의한 능동적 경영활동의 일부였고, 그 결과는 매우 성공적이었다. 리그 창설 3년 뒤 한화 그룹이 동아건설과의 치열한 경쟁 끝에 충청권을 연고로 한 7번째 구단을 창단하게 됐을 때, 선발 6개 기업이 30억 원의 리그 가입비를 요구한 끝에 도곡동의 7층짜리 건물(현 KBO 본부)을 얻어낸 것을 시작으로, 새 구단이 만들어질 때마다 진입장벽이 높아진 것은 그 방증이다.

하지만 기업들은 늘 성공에 따른 이익은 애써 축소했고, 한때 정부의 압박에 굴복해 시작한 사업을 국민과의 의리를 저버리지 못해 유지하는 사회적 약자 이미지를 만들어 그 뒤에 숨어 왔다. 프로야구는 정권으로서는 집권 과정의 문제들을 무마하고 정치적 정당성을 높일 수 있는 이벤트였고, 기업으로서는 투자 가치가 충분한 사업 분야였다. 그 과정에서 국가는 주도성을 숨길 이유가 없었고, 기업은 적극성을 드러낼 필요가 없었다.

하지만 그로부터 40년의 세월이 흘렀고, 프로야구는 영광의 시대와 위기의 시대를 오가면서 '국민 스포츠'의 위상을 다져왔다. 그리고 다시 한번 '위기'를 극복할 방안에 대해 머리를 맞댈 시기를 맞고 있는 지금, 한 번쯤은 솔직한 자기 평가와 재평가를 할 필요가 있다. 문제의 원인과 해결책을 논하려면 그것을 만들어온 정부와 기업과 팬의 올바른 관계 설정도 중요하기 때문이다.

한국 야구의 황금세대는
어떻게 만들어졌는가?

스포츠에서는 십 년에 한 번 나올까 말까 한 재능을 가진 선수들이 같은 또래에서 한꺼번에 배출되는 경우가 간혹 있다. 그리고 그런 이들은 흔히 '황금세대'라고 불린다.

한국 야구에서는 1973년생들이 가장 유명하다. 한국인 최초의 메이저리거 박찬호를 시작으로 박재홍, 염종석, 조성민, 임선동 등이 동갑내기이고 한 살 위인 정민철도 같은 학년으로 학교에 다녔다. 1973년생만큼은 아니라도 한 살 아래인 1974년생 중에는 손민한, 진갑용, 이병규, 박한이 등이 나왔고, 그 한 살 아래 1975년생 중에도 김동주, 김재현, 심정수, 이호준, 조인성 등이 배출되었다. 모두 1990년대부터 길게는 20년 이상 한국 야구를 대표해온 이름들이다.

그 이후로는 1982년생과 1987년생들이 유명하다. 1982년생 중에는 한국인 야수 최초의 메이저리거로 한국 야구 사상 최고 타자라 불리는 추신수를 비롯해 2000년대 후반 이후 10년 이상 국내 최고의 타자 자리를 다툰 이대호와 김태균, 그리고 역시 각자의 자리에서 사상 최고 선수로 거론되는 오승환과 정근우 등이 있고 1987년생 중에는 메이저리그의 정상급 선발투수 류현진을 비롯해 강정호, 김현수 등 전·현직 메이저리거들이 여럿 배출되었다.

훌륭한 선수가 되기 위해 재능과 노력과 운이 모두 따라줘야 하는 것은 당연하다. 하지만 한 명이 아니라 여러 명의 뛰어난 선수가 유독 같은 해에 배출된다면 그들이 공통적으로 경험한 환경과 사건들에 주목하게 된다.

그런 점에서 1970년대 초반 출생자 중 걸출한 선수들이 많이 배출되었다는 사실은 1982년에 벌어졌던 두 가지 사건과 분리해 생각할 수 없다. 그해 봄에는 프로야구가 시작되었고, 가을에는 서울에서 열린 세계 야구선수권대회에서 한국 대표팀이 최종전에서 일본을 상대로 극적인 8회 말 역전승을 거두며 우승을 차지해 온 나라를 들끓게 했다.

그 두 사건은 남녀노소 가릴 것 없이 야구에 빠져들게 했고, 특히 1980년대 내내 전국의 초등학교 운동장을 흔히 '찜뿌'라고도 불렸던, 주먹으로 고무공을 치며 노는 약식 야구 놀이로 뒤덮이게 했다. 그런 환경에서 좋은 운동 신경을 가진 많은 아이가 야구부에 들어갔고, 박찬호와 박재홍 역시 그런 아이 중 하나였다. 보통 구기 종목 선수들이 전문적으로 그 종목에 입문하는 시기는 초등학교 3학년에서 4학년 사이인 경우가 많은데, 1973년생들은 그 해에 초등학교 3학년이었고 1975년생들은 1학년이었다.

'약속의 8회'에 잉태된 70년대생들의 전설, '신인 3인방'에 열광했던 80년대생의 꿈

그렇다면 1980년대 출생자들이 초등학교에 다니던 1990년대에는 어떤 일들이 있었을까? 민주화 운동과 노동 운동 그리고 복원된 직선제 대통령 선거 등이 이어진 정치의 시대였던 1980년대 말에 프로야구는 잠시 국민의 관심 밖으로 밀려났다. 하지만 1990년대에 들어서고 정치와 경제 환경이 안정되면서 다시 한번 부흥기를 맞았다. 1990년 처음 300만을 돌파한 프로야구 관중은 3년 만인 1993년 400만을 넘어섰고, 다시 2년 뒤 1995년에는 500만 명에 도달했을 정도로 빠르게 성장했다.

특히 그 시대의 프로야구는 절대강자 해태 타이거즈의 건재 속에서도 국내 최대 시장인 서울과 부산이 치고 나가며 이끌었다. 신인 3인방 유지현, 김재현, 서용빈의 거침없는 질주 속에 야생마 이상훈과 천재 포수 김동수가 중심에 선 LG 트윈스가 선봉장 역할을 했다면, 서울 라이벌 두산 베어스는 그

LG 트윈스와의 신인 지명 주사위 게임에 번번이 패하는 불운 속에서도 연습생 출신 김상진과 김민호를 주축으로 절정의 해였던 1995년 한국시리즈의 최종 승자가 되면서 숱한 이야깃거리를 만들어냈다.

그 무렵 야구 열기는 서울에만 국한된 것은 아니었다. 염종석과 박정태를 필두로 임수혁, 마해영, 전준호, 공필성 등이 '화끈한 부산 야구'의 전형을 만들었던 롯데 자이언츠와 그 모든 거대한 태풍을 종종 찻잔 속 회오리로 만들어버리며 한 해 걸러 한 해씩은 우승을 거르지 않았던 선동열과 이종범을 필두로 여전히 막강한 해태 타이거즈가 있었기 때문이다.

강하고 화려했을 뿐만 아니라 심지어 꼴찌의 대명사 태평양 돌핀스마저도 아름다운 추억 하나는 만들었을 만큼 역동적이었던 그 시기에 부산 수영초등학교에서는 외삼촌 박정태를 바라보며 꿈을 키운 추신수와 그 친구 이대호가, 천안 남산초등학교에서는 김태균 어린이가 야구부 유니폼을 받아 들었다. 이상훈과 김상진이 선발 맞대결을 벌일 때마다 잠실야구장이 터져나갈 듯하던 1994년에는 류현진, 강정호, 김현수 어린이가 역시 초등학교에 입학했다.

물론 2000년대 중반부터 차례로 프로야구 무대에 올라 전설적인 이름을 남기게 되는 그 소년들이 태어나던 무렵 프로야구가 출범했다는 점도 함께 고려할 필요가 있다. 적절한 나이에 야구에 입문하기 위해서는 부모님들이 어느 정도 야구에 관심을 가지는 것도 중요하기 때문이다.

어떤 종목의 기념비적 성과가 미래의 황금세대를 만드는 것은 축구에서도 다르지 않다. 한국에서 월드컵이 열리고, 한국 대표팀이 4강에 오르는 기적을 연출하며 수십만의 붉은 인파로 거리를 물결치게 했던 2002년만큼은 한국의 국민 스포츠는 축구였다. 그리고 그해 초등학교에 다니던, 1990년대 초반에 태어난 아이 중에는 손흥민이 있었고, 또 황의조와 지동원과 석현준, 문선민 등이 있었다.

어린이, 한국 야구 최대의 팬 집단으로 떠오르다

그렇다면 한국 야구가 처음 일본 야구에 일격을 가하며 아시아 선수권 우승컵을 쟁취했던 1963년이나 니카라과에서 사상 첫 세계 대회 우승을 달성했던 1977년은 어땠을까? 1963년을 전후해 야구에 입문했던 어린이 중에는 1970년대 초반 고교 야구의 열풍을 주도했던 남우식, 김봉연, 장효조 등이 있었고 1977년 세계 제패의 소식에 열광하며 야구에 입문한 세대로는 박정태, 김기태, 정민태, 양준혁 같은 이들이 있다.

하지만 1970년대 이후에 태어난 세대는 이전 세대를 능가하는 뛰어난 선수들이 배출되었다는 점 외에도 그 수가 뚜렷이 많았고, 또 선수만이 아닌 엄청난 규모의 또래 팬 집단과 함께 등장했다는 점에서 이전과는 비교가 되지 않는다. 그리고 그런 차이를 낳은 중요한 요인 하나가 프로야구단이 출범

초기에 공을 들인 어린이들을 향한 적극적인 투자, 특히 '어린이 회원' 제도였다.

1982년 프로야구 창설 당시 한국야구위원회가 내건 캐치프레이즈는 "어린이에게 꿈과 희망을, 젊은이에게는 낭만을, 국민에게는 여가 선용을"이었다. 그리고 그것을 실현하기 위한 중심 전략으로 각 구단에 어린이 회원 모집을 권유해 야구 소비층의 세대 확장을 꾀했다. 초등학생들은 연회비 5천 원을 내고 어린이 회원에 가입하면 구단 점퍼와 모자, 구단 로고가 새겨진 각종 기념품, 팬 북, 야구장에 들어갈 때 40% 할인 혜택이 주어지는 회원증 등 선물을 받을 수 있었다. 어린이 회원 모집은 대단한 관심을 모았는데, 선물 가치가 대충 계산해도 연회비 두 배 이상은 될 정도로 푸짐했기 때문이다.

그래서 서울 연고 구단인 MBC 청룡은 1만 명을 정원으로 책정하고 회원 모집을 시작하자마자 3만여 명이 몰리면서 TV를 통한 공개 추첨 방송을 하는 소동을 벌이기도 했으며, 일부 지역에서는 초등학생들을 대상으로 "어린이 회원에 가입시켜 주겠다"라며 5천 원 회비를 뜯어내고 가로채는 사기 사건이 일어나기도 할 정도였다.

또한 OB 베어스는 5만 명, 삼성 라이온즈는 7만 명의 어린이 회원을 모집했는데, OB는 첫 시즌에 우승하자 5만 명 회원에게 보낼 선물값으로만 1억 5천만 원을 추가 집행했다. 원래는 야구용품을 보내려고 했지만 "공부와 연관된 것을 달라"라는 부모들의 전화가 이어지자 "연필꽂이로 쓸 수 있다"라는

어린이 회원 견학 OB 베어스가 어린이 회원들을 이천 훈련장으로 초대했다. 간판선수 박철 순이 입구에서 환영하고 있다. ⓒ 두산 베어스

명분으로 유리컵 세트를 보냈는데, "가입한 구단이 우승하면 추가 선물이 있다"라는 사실은 다른 구단 어린이 회원들의 팬 심에 동요를 일으키기도 했다.

하지만 어린이 회원 선물 중에서도 가장 중요한 것은 선수 들이 입는 것과 같은 디자인으로 제작된 모자와 점퍼였다. 오 늘날에는 구단 온라인과 오프라인 매장에서 구매한 유니폼을 입고 경기장에 가는 것이 흔한 일이지만, 1980년대에는 어린 이 회원 가입 선물로 받는 것을 제외하면 구하기가 쉽지 않았 다. 어느 구단의 모자와 점퍼를 입고 있다는 것은 그 구단의 어린이 회원 가입자라는 의미였고, 그 팀의 열성 팬이라는 뜻 이었다. 당시 초등학교 교실에는 어린이 회원임을 과시하기 위해 매일 점퍼를 입고 모자를 쓴 채 등교하는 아이들이 부러

움의 대상이었다.

한국 야구 역사에서 어린이가 중심 팬 집단으로 대두한 것은 1982년 프로야구 창설 이후가 처음이었다. '아저씨들의 공간'이었던 야구장이 '가족 공간'으로 확장되기 시작한 것 역시 그때였다. 그 무렵 어린이 회원 점퍼를 입고 모자를 쓰던 아이들은 이제 40대 후반을 넘어 50대로 접어들고 있고, 십 년에 한 번쯤은 돌아오는 '위기의 시대'에도 여전히 저녁 6시 30분이 되면 어느 곳에서든 스마트폰으로 각 구장 점수판을 조회하며 살아가고 있다.

지역 연고제가 창설 초기 프로야구의 빠른 흥행을 가능하게 했다면, 어린이 회원 제도는 프로야구가 한 세대를 넘어 안정적으로 성장해갈 수 있었던 핵심 요인이 됐다. 고교 야구와 실업야구가 가지지 못한 어린이 팬층을 확보하는 주요 요인이 되었고, 그 아이들이 성장하는 동안 프로야구도 함께 성장해갈 수 있도록 했기 때문이다.

그렇다면 또 한 번의 절정기를 넘어 위기의 시대를 맞이하는 지금, 프로야구는 다시 한 세대

어린이 팬들의 열광과 우려 어린이 회원 제도에 힘입어 프로야구 경기에 어린이 관중이 몰려들자 당대 언론들은 여러 우려를 쏟아냈다. "동화 읽을 시간도 없이 야구에 몰두한다"라는 것과 "야간 경기 관전 후 귀가길 안전이 우려된다"라는 것이 대표적이었다. ⓒ 동아일보(캡처)

뒤를 바라보며 어떤 투자를 하고 있는지 생각해야 한다. 어린이 회원이 아니라도 점퍼와 모자를 얻을 수 있고, 야구가 아니라도 영웅을 만날 수 있는 곳이 많아진 시대. 심지어 초등학교 교실에서 야구를 좋아하는 아이가 선망이 아닌 호기심의 대상이 되는 오늘날이다. 야구단은, 선수는, 앞 세대 야구팬들은 어린이들에게 과연 무엇을 주고 무엇을 보여주고 무엇을 베풀어야 할지 한번 더 깊이 생각해볼 때다.

5부

한국 프로야구는
어떻게 성장해왔을까?

1987년 민주화, 프로야구에는 어떤 의미였을까?

1990년 12월 15일, 한국야구위원회 이사회가 열렸고 미리 다 짐하고 다짐하며 전열을 가다듬은 8개 구단 대표이사는 수년 간 벼러왔던 일을 밀어붙였다. 사무총장의 이사회 의결권을 박탈하고 나아가 사무총장 직위를 사무처장으로 격하한다는 안건을 상정한 것이다.

1981년 12월 11일, 6개 구단으로 창설된 한국야구위원회 는 이사회를 최고 의결기구로 두었고, 구성원 8명이 의결권을 갖도록 하고 있었다. 6개 구단의 대표이사 그리고 한국야구위 원회의 총재와 사무총장이 그 구성원이었다.

각 구단의 이해관계와 의견이 상충할 때 리그 전체 운영을 담당하는 사무국이 캐스팅 보트를 쥐고 중심을 잡는 형태라고 볼 수도 있다. 하지만 때로는 기업들의 공통 요구나 이해관계와 사무국 의지가 엇갈릴 때도 있었다. 그런 경우, 표면적으로는 의결권 6장을 쥔 기업들이 의결권 2장에 불과한 사무국을 압도할 것처럼 보였다. 하지만 단순한 표 숫자는 큰 의미가 없었다. 사무국의 의지란 곧 정부 혹은 청와대의 의지를 반영해왔기 때문이다.

한국야구위원회가 청와대와 맺어온 관계는 역대 총재의 면면에서도 쉽게 드러난다. 전두환 정권에서 서종철(전 국방부 장관)과 이웅희(전 MBC 사장. 문공부 장관)가 총재로 '임명'된 것을 시작으로 노태우 정권의 이상훈(전 국방부 장관), 김영삼 정권의 권영해(전 안기부장), 김기춘(전 법무부 장관), 홍재형(전 재경부 장관), 김대중 정권의 정대철(여당 5선 의원) 등의 '권력 실세' 혹은 대통령의 '복심'들이 야구와 아무런 연관성이 없는 이력에도 불구하고 총재로 '부임'했다. 의결권 수와 관계없이 한국야구위원회 이사회에서 총재와 사무총장의 뜻을 거스르는 것이 쉽지 않았던 배경이다.

그리고 한국야구위원회 사무국은 전두환 대통령 시절 청와대 비서실과의 직접적인 교감을 통해 리그 창설을 기획하고 추진한 '이용일-이호헌 팀'에 뿌리를 둔 조직이었다. 프로야구 창설 초기에 사무국이 리그 운영을 주도한 것은 그런 의미에서 당연했다. 사무국이 기획하고 청와대 승인을 받거나 청와대 지침에 따라 사무국이 기획한 사안이 이사회에서 의결되는 형식을 밟으며 리그가 운영되었기 때문이다. 사무국은 전체 영입 대상 선수들을 등급화하고 각 등급에 대한 연봉 가이드라인을 설정해 각 구단에 통보함으로써 계약 내용을 막후에서 결정했고, 어린이 회원 제도를 구상하고 기본적인 운영 방식을 설계해 배포했을 정도로 세밀하게 개입했다. 그것은 기본적으로 각 구단의 권한을 침해하는 일이기도 했지만, 구단들이 미처 구상하거나 꼼꼼하게 기획할 여력을 갖추기 이전에 제공됨으로써 시행착오에 따른 시간 낭비를 줄여 결과적으로 성공 요인이 되었다.

민주화, 프로야구와 청와대의 연결 고리를 끊다

하지만 민주화가 진전되고 사회 전반에 꼼꼼히 드리워져 있던 청와대의 영향력이 조금씩 걷히면서 상황이 바뀌기 시작했다. 1987년 6월 민주화 운동을 통해 대통령 직선제와 국회의 권한 회복을 골자로 하는 개헌이 이루어졌다. 그리고 새 헌법에 따라 1987년 12월에 치러진 제13대 대통령 선거에서 노태우 대통령이 당선되어 1988년 2월 취임했다. 그와 동시에 전두환 대통령의 임기 역시 마무리되었지만, 그 정치적 영향력을 실질적으로 소멸시킨 것은 민주화 운동과 그 성과로 드러난 개헌이었다.

민주화는 자연스럽게 사회 각 분야에서 국가 개입을 약화시켰고, 그런 변화는 자연스럽게 기업 자율성을 확대했다.

1990년 정부는 공정거래위원회를 경제 기획원에서 분리하여 기업에 대한 정부 감독과 규제 통로를 분산시켰고, 방송국에 노동조합이 설립되고 편성권 감시에 참여하게 됨으로써 과거처럼 일방적으로 정부 지시가 관철되는 방송은 어렵게 됐다. 프로야구단을 운영하는 대기업들의 자율성이 강화됐지만, 방송국을 통한 일방 지원은 어려워진 것이다. 이전 박정희와 전두환 정권기, 특히 유신 개헌 이후 15년간 국가 권한이 비정상적으로 크고 그 작동 범위가 넓었던 만큼 민주화 이후 그것이 축소되는 속도와 규모도 매우 빠르고 컸다.

새 정부에서도 스포츠의 정책적 위상은 여전했다. 새 대통령의 임기 첫해인 1988년에 서울올림픽이 치러졌고, 전두환 정부에서 초대 체육부 장관으로서 올림픽 준비를 총괄했던 노태우 대통령은 서울올림픽 이후에도 체육 진흥에 대한 국가적 투자와 지원을 아끼지 않았다.

하지만 야구는 올림픽 정식 종목이 아니었고, 특히 프로야구는 전임 대통령의 업적이라는 이미지가 강했다. 그리고 1987년 대통령 선거 과정에서 심각하게 대두된 물리적 충돌과 극심하게 편중된 지역별 득표율로 부정적인 면이 두드러지게 나타난 지역주의와 이미지가 겹친 것도 프로야구의 난점이었다. 전두환 정권과 자신을 차별화하는 동시에 지역주의적 대결 의식을 완화해야 했던 노태우 대통령은 임기 중 한 번도 프로야구장을 찾거나 시구를 하지 않았고, 프로야구 진흥을 위한 정부 차원의 특별 지시나 협조 당부도 없었다.

프로야구에 대한 국가 개입이 줄어들면서 청와대의 영향력이 야구계에 전달되는 창구 기능을 하던 사무국의 권한도 자연스럽게 약해졌다. 그리고 그렇게 넓어진 권력의 여백이 기업들의 적극적인 발언들로 채워지며 리그 운영 주도권도 이사회로 점점 넘어가기 시작했다.

1988년, 전두환 정권이 막을 내리자마자 KBO 이사회에서 이미 몇몇 구단 대표이사들이 사무총장의 의결권 회수를 주장했다. 하지만 이용일 총장의 수완은 여전했고, 새 정부의 의지도 확실히 드러나지 않은 시점이었다. 전임 대통령의 정치적 후계자이기도 한 신임 노태우 대통령의 차별화 행보가 어느 정도의 보폭으로 이어질지는 속단하기 어려웠다. 그런 불확실한 상황에서 7개 구단의 뜻이 하나로 모이기도 당연히 쉽지 않았다. 실제로 정권 핵심층에서 총재를 선임해 내려보내는 일은 1990년대 후반까지도 계속되면서 사무국의 권한은 어느 정도 유지되기도 했다. 하지만 전두환 정권의 정치적 영향력이 소멸된 이후 정치 권력과 사무국의 연결 고리가 약화되는 추세를 돌이킬 수는 없었다.

사무국의 상징, 이용일 사무총장의 퇴장

1990년 12월 이사회에 상정된 안건은 그런 의미에서 3년 이상 계획하고 준비한 정변이었고 이미 생각보다 더 진전된 사

한국야구위원회 초대 사무총장 이용일 그는 육군 야구부와 군산상고 야구부 창단의 주역이었으며, 프로야구 창설의 산파이기도 했다. ⓒ 전주방송

회 변화는 그것을 거스를 수 없게 만들었다. 이사회에서 사무총장의 의결권 박탈을 넘어 직제 격하까지 제안되자 창설 준비 단계부터 프로야구 운영을 주도해온 사무총장 이용일도 더는 버틸 수가 없었다. 그는 의결권 박탈은 피할 수 없더라도 사무총장 직제만은 유지해달라는 조건을 내걸고 사표를 제출했고 그 마지막 타협안을 이사들은 수용했다. 프로야구 창설 계획을 작성하고 기업들에게 창단을 제의하기 위해 뛰어다니기 시작하던 시절로부터 9년 만의 퇴진이었다.

사무국의 상징적 존재였던 이용일의 퇴진 이후 한국야구위원회의 힘의 중심은 급격히 이사회 쪽으로 넘어갔다. 여전히 정권 핵심부에서 결정된 총재들이 내려오고 있었고, 기업들이 함부로 총재의 뜻을 거스를 수 있는 것은 아니었다. 하지만 이전까지 이사회가 청와대의 지침 혹은 의지를 접수하고 실행 방안을 논하는 자리였다면 이후에는 각 구단이 의사 진행을 주도하고 총재는 구단들 사이의 이견이나 구단들과 정부 사이의 온도 차이를 중재하는 방식으로 바뀌었다.

특히 1998년 직접 프로야구단을 운영하던 이사회의 한 축인 두산그룹 박용오 회장이 제12대 총재에 취임해 2005년까지 연임(13대, 14대)하면서 KBO 운영의 중심은 더욱 기업들에 쏠렸다. 그리고 박용오 총재가 그룹 내부의 분란에 휘말리며 불명예 퇴진하면서 2006년부터 2008년까지 정치인 출신 신상우 총재가 재임하긴 했지만 그 뒤로는 다시 유영구, 구본능, 정운찬, 정지택, 허구연 등 정부의 입김과 거리가 있는 민간 출신 총재들이 구단 사장들의 합의로 선임되고 있다.

게다가 1998년 경제 위기 당시부터 2006년 현대 유니콘스 사태에 이르기까지 사무국이 부실 구단 문제 해결에 실패해 140억 원에 달하던 위원회 적립금이 모두 소진되면서 사무국의 경제적 토대가 소멸된 뒤로는 구단주들의 발언권은 더욱 강해졌다.

신생 구단의 리그 가입비를 종잣돈 삼아 기회 있을 때마다 적립해두었던 공동 자금이 모두 소진되자 리그 운영 자금은 전적으로 회원사 회비나 회원사가 계약 주체가 되는 중계권료 등의 수입에 의존할 수밖에 없게 됐기 때문이다.

지역 연고제 약화와 자유 경쟁 강화

리그 운영에서 기업들의 주도성이 강화되자 이는 지역 연고제 약화와 자유 경쟁 강화라는 두 가지 큰 흐름으로 이어졌다. 우선 지역 연고제는 한국 프로야구를 빠르게 안착시킨 요인이기도 했지만, 프로야구에 참가하는 기업들 다수의 이익과는 상충하는 제도였다. 한국의 프로야구는 지역을 중심으로 영업하는 향토 기업이 아닌, 전국 단위 영업망을 가진 대기업을 단지 창업자의 고향이나 창업 장소 등의 인연으로 엮어 연고지로 설정해 운영하고 있었기 때문이다.

그것은 자기 연고지에서 영업하는 데는 도움이 되겠지만, 그 밖의 지역에서는 오히려 손해로 작용할 우려가 있었다. 창설 준비 단계에서 호남 지역의 제과 시장 상당 부분을 해태에 잠식당하게 될 것을 우려한 롯데가 문제를 제기한 일이 대표적이다. 같은 업을 주력으로 하는 두 기업이 영남과 호남 연고권을 양분하면서 문제점이 두드러진 예지만, 그 외에도 경기장에서의 갈등 상황이 상대 구단 기업 제품 불매 운동으로 이어지거나 실제로 한 지역에서 특정 기업 제품의 매출이 감소한 사례도 흔히 일어났다.

기업이 주도권을 확보하면서 지역 연고제는 단계적으로 약화해갔다. 대표적으로 1987년부터 연고지 출신 우선 지명권이 구단별로 10장에서 3장으로 축소된 데 이어, 1990년에는 2장, 1991년부터는 1장으로 축소된 것을 들 수 있다. 그 결과 창설 첫해 각 구단 선수단마다 거의 100%를 채웠던 연고지 출신 비중은 2000년대 중반 이후로는 대부분 20% 이하로 축소되었다. 선수 구성에서 지역 동질성이 탈색되자 지역 연고제가 지향하던 팀과 팬의 지역적 정체성이 빠르게 약화되는 것은 불가피했다.

자유 경쟁 강화는 정부 개입 축소와 더불어 1990년대 후반 경제 위기 와중에 해태와 쌍방울이라는 상대적으로 규모가 작은 기업들이 도태되는 과정과 더불어 본격화되었다. 프로야구 소비층이 안정적으로 증가하고 소비력이 확대되었을 뿐만 아니라 야구의 문화적 영향력이 확대되면서 대기업들은 더 많은 투자로 더 많은 성과를 거두는 방식을 선호했기 때문이다. 사무국이 약화되고 사무국이 주도해온 전력 평준화 조치의 집중 수혜자인 소규모 기업들이 도태되는 과정에서 전력 평준화 조치는 단계적으로 사라졌다. 외국인 선수 영입 허용과 자유 계약FA 제도 도입 그리고 현금 트레이드에 대한 폭넓은 허용 등은 그 대표적인 결과였다.

하지만 상대적으로 규모가 작은 기업들이 모두 도태되어 정리된 뒤, 남은 기업들은 자기 운명을 극복하기 위해 더욱 경쟁적으로 투자해야만 했다. 그로 인해 한국 프로야구의 성장이 더욱 가속화되긴 했으나 한국 프로야구가 점점 더 대기업이 아니면 끼어들 수 없는 그들만의 리그로 멀어져가게 된 것은 어두운 면이다. 대기업이 프로야구단을 운영하며 내는 연간 수백억 원의 적자 혹은 수십억 원의 흑자는 구단 경영에 결정적인 의미를 주지 않는다. 그와 함께 팬들의 발언권 역시 점점 더 중요하게 다루어지지 못하고 있다.

박찬호의 메이저리그 진출은
한국 야구를 어떻게 바꾸었을까?

1990년대 초반 한국 사회에서 가장 널리 입에 오르내린 시사 용어는 '우루과이 라운드', 'WTO' 혹은 '세계화'였다. 1986년 9월 우루과이에서 시작되어 1994년 4월에 마무리된 다자간 무역 협상을 통해 이전까지 제외되어왔던 농산물과 서비스 산업까지 자유 무역 협정 대상에 포함되었고 세계 자유 무역을 주도해온 GATT(관세와 무역에 관한 일반 협정)가 보다 강력한 구속력을 행사하는 WTO(세계무역기구)로 대체되었기 때문이다. 특히 1993년 출범한 김영삼 정부가 이런 세계 질서 변화에 적극적으로 참여하기로 하면서 당장 쌀을 비롯한 농산물 시장 개방이 가시화되었고, 여전히 농촌에 고향 집과 부모를 두었던 당대 대부분 한국인에게 이는 직접적인 충격으로 다가

왔다.

정부 홍보 채널들은 우리 민족이 세계무대에 뛰어들어 세계 최고가 될 절호의 기회라고 강조하며 박정희 정부 시절보다 한층 업그레이드된 '할 수 있다' 캠페인을 밀어붙였고, 수출 시장 확장이라는 호재를 만난 대기업들이 적극적으로 참여해 '세계 일류'의 포부를 외치며 뒤따랐다. 하지만 경쟁 자체가 불가능한 수준이라는 사실을 아는 농민들은 거리로 나설 수밖에 없었고, 마찬가지로 경쟁의 틈바구니에서 소멸 위기를 맞게 된 여러 사회적 약자들은 연대하기 시작했다.

그런 맥락에서 세계화, 국제 경쟁력, 세계 수준, 경쟁 승리, 과감한 도전 등의 단어들이 한편에, 그리고 생존권, 식량주권, 우리 것, 약자 보호 등의 단어들이 다른 한편에 늘어서 서로 목소리를 높이며 기회와 위기를 동시에 외치는 시대에 돌입했다. 가수 배일호가 종로 거리에 모여 있던 쌀 시장 개방 반대 시위대를 찾아 마이크를 잡고 신곡 '신토불이'를 홍보하던 시대였다. 1994년 1월 11일, 그런 배경에서 한양대 3학년생 박찬호는 미국 프로야구 메이저리그의 LA 다저스에 입단한다.

세계 도전의 시대, 박찬호의 등장

과거 1960년대 중앙고 출신 투수 이원국이 마이너리그 더블A 팀을 거쳐 멕시칸리그에 정착해 정상급 투수로 활약한 적이

박찬호 메이저 직행 확정

LA다저스 공식발표 중간계투 기용…미 프로야구 사상 17번째

"동양특급"

성균관·경기, 전북·경상 대학배구 4강 패권다툼

본 고장서 인정한 156km '마구'
외국인으론 처음…약점보완 선발도 가능

박찬호 메이저 직행 보도 박찬호의 메이저리그 진출은 지역대결 구도를 기반으로 성장해온 한국 야구팬들의 시야와 상상력을 세계로 확장시킨 일대 사건이었다. © 한겨레신문 1994년 4월 3일자 (캡처)

있고, 1980년에는 연세대의 복학생 투수 박철순이 역시 마이너리그 더블A 팀에서 뛰다가 한국에서 프로야구가 창설되자 돌아온 적이 있다. 그리고 1981년에는 역시 연세대 출신 투수 최동원이 캐나다 메이저리그 구단 토론토 블루제이스와 입단

계약을 맺기도 했지만, 계약 조건 수정 요구와 병역 문제 때문에 결국 실제 입단과 출전이 이루어지지 못한 채 파기된 적도 있었다. 하지만 박찬호는 마이너리그를 거치지 않고 곧바로 메이저리그 팀에 입단했고 실제 시즌 개막 때부터 엔트리에 진입해 데뷔전까지 치렀다는 점에서 달랐다. 한국인 최초의 메이저리거가 탄생한 것이다.

그가 받은 계약금 120만 달러는 그해 메이저리그 신인 중 가장 높은 순위로 선발된 알렉스 로드리게스가 받은 150만 달러와 30만 달러밖에 차이 나지 않는 거액이었고, 마이너리그를 거치지 않고 메이저리그에 직행한 것도 역사상 17번째에 해당할 만큼 특별한 대우였다. 데뷔 직후 잠시 마이너리그 강등을 경험하긴 했지만 제구를 다듬는 약간의 교정 기간을 거친 뒤 곧 복귀했고, 3년 차 1996년부터 선발진에 합류하기 시작해 정상급 선발투수로 자리 잡고 2010년까지 17시즌 동안 124승을 기록했다.

박찬호의 메이저리그 진출과 성공은 한국의 야구 선수들이 해외로 진출하는 결정적인 계기가 되었다. 박찬호의 성공으로 한국 선수들에 대한 메이저리그 구단들의 관심과 평가가 높아졌고, 동시에 유학 비자를 통해 병역을 연기하고 출국해 미국 프로팀에 입단한 뒤 국가대표팀에서의 실적을 통해 병역 면제 혜택을 받은 박찬호의 방식을 답습하는 후배들이 이어졌기 때문이다. 박찬호 이후 조진호, 김병현, 김선우 등 2021년 시즌까지 메이저리그 출전 경력이 있는 경우로만 한정해도 25명의 한국인 선수들이 미국 프로야구팀에 입단했으며, 마이너리그까지 포함하면 그 수는 대략 80여 명에서 100명 안팎에 달한다.

한국의 많은 야구 관계자를 더욱 설레게 한 것은 당시 박찬호가 어떤 기준에서든 국내 최고 선수는 아니었다는 점이었다. 고교와 대학 무대에서도 그보다 높은 평가를 받는 선수들이 여럿 있었고, 프로 무대의 에이스급 투수들과는 아예 비교선상에 오른 적도 없었다. 하지만 한국 프로야구에서 활약하며 실력을 충분히 검증받은 선수들의 해외 리그 진출은 오히려 쉽지 않았다. 우선, 선수에 대한 구단의 배타적 보유권이 강력히 보장되어 구단과 합의가 이루어져야만 가능했을 뿐 아니라, 선수들의 나이가 비교적 많은 만큼 그에 비례해 실적도

박찬호 선수의 청와대 방문 1997년 10월 12일 청와대를 방문해 김영삼 대통령을 접견하고 격려받는 박찬호 선수. 그해 박찬호는 메이저리그에서 14승을 기록했다. ⓒ 국가기록원

도대체 우리는 왜 야구를 보는가?

많아 기대 연봉이 높아 계약이 쉽지 않았기 때문이다.

따라서 국내 최고 투수인 선동열이 여러 차례의 여론 조사에서 압도적인 지지를 보낸 국민적 압박에 의지해 1996년 임대 형식으로 일본 프로야구 주니치 드래곤즈에 입단한 뒤로 각 포지션에서 국내 최고로 인정받는 선수들은 자유 계약 선수 자격을 얻은 뒤 상대적으로 연봉이 높은 일본 프로야구로 건너가는 경우가 많았다. 이종범과 이상훈, 구대성과 이승엽 등이 그런 경우였다.

미국으로 가는 신인들, 일본으로 가는 베테랑들

물론 그 반대 방향의 선수 이동도 활발해졌다. 1998년부터 한국 프로야구 리그도 해외 선수 입단을 허용하기 시작했기 때문이다. 외국인 선수 선발 문제는 이미 1990년대 초반부터 삼성, LG 그리고 현대 등의 대기업 계열 구단들이 '경기력 향상과 볼거리 확대' 차원에서 적극 주장했던 반면, 나머지 구단은 인건비 상승을 이유로 반대하고 사무국은 '전력 평준화 저해'를 이유로 역시 동의하지 않으면서 진전이 없던 사안이었다. 하지만 국내 선수들의 해외 진출이 확대되면서 선수 수급이 어려워져 오히려 국내 선수들의 몸값이 지나치게 부풀려지는 문제가 나타났고, 자연스럽게 반대 명분이 약해지면서 빠르게 진전되어 1996년 11월 KBO 이사회에서 통과되었다.

국내외 선수 시장이 통합되면서 나타난 변화는 각 구단 전력, 선수 계약금과 연봉, 경기 내용과 기록 등 공급 측면에서 주로 나타났다. 반대로 미국 메이저리그 경기의 국내 중계방송은 소비 측면, 그러니까 한국인이 야구를 즐기는 방식에 큰 변화를 일으켰다.

박찬호의 메이저리그 승격이 가시화되던 1996년 MBC와 KBS는 메이저리그 사무국으로부터 박찬호 선수가 선발 등판하는 여섯 경기를 국내에 위성 중계방송하는 조건으로 5만 달러를 지불하는 내용으로 미국 프로야구 경기의 국내 방송 계약을 최초로 체결했다. 그리고 박찬호가 그해 시즌 중에 열 번의 선발 등판 기회를 얻은 것을 비롯해 5승을 기록하며 선발진에 정착하자 이듬해 1997년에는 독점 계약권을 따내기 위한 본격 경쟁이 시작되었다.

MBC가 20만 달러에 30경기 중계 조건으로 먼저 계약에 접근하자 KBS가 경기당 1만 달러를 제시하며 독점 계약권을 가로챈 것이다. 하지만 다시 그해에 박찬호가 선발 14승을 거두며 신드롬을 일으키자 이듬해 1998년에는 MBC와 KBS가 치열한 경쟁을 벌이는 사이 인천 지역 민방인 iTV가 2000년까지 3년간 박찬호 선수의 경기를 포함한 올스타전과 월드시리즈까지 메이저리그 전 경기에 대한 독점 중계권을 400만 달러의 압도적인 금액을 투자해 확보하는 사건이 벌어지기도 했다. 갑자기 인천을 제외한 지역에서는 박찬호 등판 경기를 볼 수 없게 되었고, 수많은 유선방송업체가 iTV와 접촉하기 위해 줄을 서는 소동이 이어졌다.

메이저리그 중계방송의 시작

빠르게 상승한 중계권료에도 불구하고 방송사들의 경쟁이 계속된 가장 큰 이유는 비인기 시간대임에도 안정적인 시청률이 보장되었기 때문이다. 2001년 MBC가 다시 독점 중계권을 확보했을 당시 박찬호 선수 등판 경기의 평균 시청률은 9%, 최고 시청률은 19.2%에 달했는데, 미국과 한국의 시차 때문에 이른 아침이나 오전의 일과 시간 중에 경기가 진행되는 경우가 대부분이었음에도 주말 오후의 황금 시간대에 이루어지는 한국 프로야구 경기 시청률을 크게 앞질렀다.

외국인 선수들이 한국 프로야구 리그에서 활동하기 시작하면서도 여러 변화가 나타났다. 장타력이 좋은 타자들이 늘어나고 홈런이 늘면서 번트와 치고 달리기 등 작전 관련 효용이 줄어든다거나 팔 길이가 상대적으로 긴 타자들이 늘어남으로써 횡적 변화를 일으키는 슬라이더의 효용이 감소하고 커브나 포크볼 같은 종적 변화를 일으키는 변화구를 잘 구사하는 투수들의 성적이 향상되는 등 경기 내용상 변화들도 많아졌다.

물론 더욱 근본적인 변화는 해외 프로야구 리그 경기들이 국내에 직접 중계방송되기 시작하면서 일어났다. 박찬호가 미국 메이저리그 선발 로테이션에 안착하고 선동열이 일본 프로

야구 1군 무대에서 정상급 마무리 투수로 정착한 1997년부터 국내 방송국들은 미국과 일본의 프로야구 경기를 본격적으로 중계방송하기 시작했는데, 이는 야구 관람 문화 전반으로 큰 변화를 가져왔다.

경기 내적으로도 선발투수에게 4일 이상의 철저한 휴식을 보장하고 출전 경기에서도 가급적 투구 수 100개 안팎에서 교체해주는 메이저리그 운영 방식이 한국에서도 상식화하기 시작했고, 그에 따라 방송 중계 화면에 볼 카운트와 더불어 선발투수의 투구 수를 표시하기 시작한 것 역시 박찬호 경기 중계가 시작된 이후의 변화였다. 투수 역시 승리와 패배, 세이브 정도만 기록하던 것과 달리 6이닝 이상 던지면서 3점 이하의 자책점 기록을 가리키는 '퀄리티 스타트'quality start 개념이 도입되어 선발투수를 평가하는 새로운 기준으로 정착한 것도 같은 맥락이었다. 그에 따라 완투 능력을 선발투수의 자격으로 여기던 인식이 퇴조하고 철저한 로테이션 체제가 정착하면서 투수들의 선수 수명이 늘어난 것 또한 중요한 변화였다.

팀이 아닌 선수를 통해 야구를 보다

하지만 더욱 중요한 것은 국내 야구팬 대다수가 소속팀 LA 다저스가 아닌 박찬호라는 한 선수의 관점으로 야구를 보게 되면서 야구에 대한 개인주의적 관점이 도입되었다는 점을 꼽을 수 있다. 연고 지역을 대표하는 상징이자 해당 지역 출신자들의 집단적 정체화 대상으로 인식되어온 기존 한국 프로야구팀에서는 개인 기록을 앞세우는 선수는 지탄받았고 부상 위험을 감수하면서라도 팀을 위해 헌신하는 선수들이 높이 평가받는 집단주의적 정서가 지배하고 있었다. 야구팀은 한 지역을 대표하고, 팬은 그 지역을 구성하는 일원으로 팀과 동일시하는 것이 지역 연고제에 기반한 한국 프로야구의 전통적인 소비 방식이었다.

하지만 박찬호라는 한 명의 투수에 감정 이입해 경기를 보는 팬들에게 투수의 기록은 팀 승패보다 더 중요하게 인식되었고, 기록과 무관하게 투수의 체력을 소모하는 감독의 기용 태도는 분노의 대상이 되었으며, 때로는 박찬호와 경쟁 관계인 팀 내 투수의 부상은 경사로까지 인식되곤 했다. 같은 한국인이라는 공감대 속에서, LA 다저스라는 낯선 무대에서 생존 경쟁하는 박찬호라는 선수 개인을 응원하는 팬들은 조직의 성공과 더불어 그보다 더 결정적인 개인의 생존과 성공을 도모하는 한 개인의 정체성에 몰입하는 방식의 응원도 있음을 새로 배웠다.

그래서 5일에 한 번, 평일 오전 일과 시간대에 몰래 TV를 기웃거리며 중계방송을 시청한 이들에 의해 최고 18.2% 시청률을 기록했던 메이저리그 경기 중계방송은 한국 야구의 소비 문화를 근본적으로 바꾸는 계기가 되었다. 예컨대 그런 인식이 확산하며 부상을 무릅쓰려는 선수의 희생적 플레이는 국내 경기에서도 금기시되기 시작했고, 지도자의 가장 중요한 의무 중 하나로 선수 보호가 대두되었다. 한국의 야구팬은 박찬호를 통해 팀이 아닌 선수 관점에서 야구를 관전하는 태도를 처음 접했고, 야구는 개인주의화라는 시대 변화에도 어긋나지 않는 문화 상품으로 진화할 수 있었다.

민주화와 글로벌화라는 세상의 흐름에 한국 프로야구 시장도 함께한 결과이긴 했지만 그 영향은 예상보다 훨씬 컸다. 한국과 미국의 선수 공급망이 통합되는 것을 넘어 한국의 야구인과 야구팬이 미국 야구를 직접 경험하며 문화적 자극을 수용했기 때문이다. 앞선 야구 기술과 운영 방식을 배운 것은 오히려 작은 부분이었고, 집단이 아닌 개인, 팀이 아닌 선수 관점에서 야구를 볼 수 있는 통로를 발견한 것은 좀 더 근본적인 부분이었다. 그리고 그런 변화는 동시에 국가의 직접 개입에 의한 지원과 지역 대결 구도라는 창설 당시의 동력원이 퇴색해감에도 한국 야구가 대중적 인기를 유지하거나 오히려 더욱 확대되며 성장한 요인이 되었다.

가난한 구단 해태 타이거즈는
왜 강했을까?

해태 타이거즈는 1980년대와 1990년대 한국 프로야구의 절
대 강자였다. 1982년 창설된 프로야구가 IMF 경제 위기의 파
고에 휩쓸리며 한 차례 구조조정을 겪기 시작한 1998년 이전
까지, 16번의 시즌 중 9번 우승을 독점한 것이 해태 타이거즈
였기 때문이다.

 하지만 그런 강력함의 원인에 대한 분명한 답을 찾기는 쉽
지 않다. 타이거즈의 모기업 해태는 프로야구 창설에 참여한
6개 기업 중 가장 자금력이 부족한 축에 속했으며, 연고지 호
남 역시 양적으로나 질적으로 가장 우수한 자원을 배출해왔다
고 말하기는 어려웠다. 오히려 모기업의 자금력이 가장 막강
했고, 1970년대 내내 우수한 선수들을 가장 많이 배출해온 대

구를 연고지로 삼은 삼성 라이온즈가 해태 타이거즈 외에도 OB 베어스와 롯데 자이언츠에 밀려 만년 조연 역할에 머물렀던 것과 특히 대조를 이루는 대목이다. 또한 해태 타이거즈가 9번 우승을 독식한 16년 사이에 LG 트윈스와 롯데 자이언츠, OB 베어스가 두 번, 삼성 라이온즈가 한 번씩 우승했을 뿐 한화(빙그레), 현대(삼미, 청보, 태평양), 쌍방울은 한 번도 우승을 경험하지 못했다. 도대체 해태 타이거즈는 왜 그렇게 강했을까?

팀이 강했던 구체적인 이유를 찾기는 쉽지 않지만, 그들이 약하지 않았던 이유는 명확히 파악할 수 있다. 특히 1990년대 후반의 IMF 경제 위기 이전까지, 한국 프로야구 리그의 구조는 모기업의 자본력이 직접적으로 팀의 전력에 영향을 미치지 않도록 하는 여러 제도적 장치들을 마련함으로써 팀의 약세를 방지했기 때문이다.

KBO의 전력 평준화 장치, 돈과 전력의 연관성을 흐리게 하다

모든 스포츠에 있어 팀 전력을 결정하는 가장 중요한 요인은 물론 선수 구성에 있으며, 프로 스포츠에서는 자금력에 따라 선수 구성 기회가 달라진다. 예컨대 오늘날 미국 프로야구 메이저리그의 뉴욕 양키스나 유럽 프로 축구의 레알 마드리드, 맨체스터 유나이티드 같은 명문 구단들이 수십 년간 꾸준히 정상권에 머물며 리그를 지배할 수 있는 힘은 한 명의 선수 영입을 위해 수백억에서 수천억 원에 이르는 이적료와 연봉을 지출할 수 있는 압도적인 자금력에서 나온다.

하지만 1990년대까지 한국 프로야구의 상황은 달랐다. 구단이 선수를 영입하는 길은 고등학교와 대학교를 졸업하는 선수들을 대상으로 하는 드래프트가 거의 유일했다. 드래프트는 각 구단 연고 지역 내의 고등학교 출신 선수들에 대한 독점 선발권을 보장하는 1차 지명과 모든 지역 선수를 지난 시즌 성적의 역순으로 차례대로 지명하게 하는 2차 지명으로 나뉘는데, 두 경우 지명권 배분은 자금력과는 전혀 무관하며 지명된 선수와의 협상 역시 독점적이었기 때문에 더 많은 계약금을 제시한다고 해도 다른 구단의 지명 선수를 영입할 가능성은 전혀 없었다. 구단과 선수 사이의 자유로운 계약 권리 대신, 선수들에 대한 권리를 구단들이 고르게 나누게 하는 합의가 더욱 강력한 구속력을 지니도록 설계되었기 때문이다. 해태에 비해 월등한 자금력을 보유했던 삼성이 더 뛰어난 선수를 선발할 수 없었고, 막대한 투자에도 불구하고 해태를 압도하는 성적을 얻을 수 없었던 가장 큰 이유다.

드래프트 외에 기존 선수들을 트레이드하는 방법도 있었지만, 그것 역시 구단 간 합의가 이루어져야 했을 뿐 아니라 현금 확보를 목적으로 전력 평준화를 저해하는 트레이드를 금지하던 리그 사무국에게도 승인을 받아야 했기 때문에 돈으로 전력을 사는 방법이 되긴 어려웠다. 또한 선수들이 소속 구단과 계약에 합의하지 못하더라도 그 선수에 대한 보유권은 원소속 구단에게 보장되어 있었기 때문에, 다른 구단이 그 선수를 영입하는 것도 불가능했다. 말하자면 각 구단은 소속 선수와 지명 선수에 대한 배타적 독점권을 보장받았으며, 그것은 자금력을 통해 변화시킬 수 없는 평준화된 질서를 만들어냈다.

물론 삼성이나 두산같이 야구에 대한 투자를 아끼지 않은 대기업들은 훈련 시설과 여건을 개선하고 해외 명문 구단과의 합동 훈련이나 지도자 연수 프로그램 운영 등을 통해 전력 강화를 도모했지만, 선수 영입이라는 핵심 통로가 봉쇄된 상황에서는 한계가 있을 수밖에 없었다. 하지만 1990년대 말부터 2000년대 초반 사이에 전력 평준화를 위한 제도적 장치는 몇 가지 계기를 통해 무력화되었다.

전력 평준화 장치의 해체

첫째, 선수와 돈을 바꾸는 유상 트레이드가 양산되었고 리그 존속과 규모 유지를 위해 사무국이 그것을 묵인했다. 1998년 외환위기 와중에 해태와 쌍방울이 부도 상태에 빠지면서 타이거즈와 레이더스에 대한 운영비 지급도 중단되었다. 하지만 리그 운영을 위해서라도 두 구단이 즉시 배제될 수는 없었기에, 인수 기업이 나설 때까지는 어떻게든 유지해야 하는 상황이었다. 운영비 마련을 위한 선수 판매 행위를 리그 사무국이 묵인한 것은 그런 상황의 산물이었다.

예컨대 쌍방울 레이더스는 주전 포수 박경완을 9억, 마무리 투수 조규제를 6억, 신인 투수 마일영을 5억을 받고 현대 유니콘스로 보냈으며 4번 타자 김기태와 불펜 에이스 김현욱을 묶어 20억을 받고 삼성 라이온즈에 보내 운영비를 충당했다. 그리고 해태 타이거즈 역시 에이스 조계현과 마무리 임창용을 14억에 삼성 라이온즈로 보냈는데, 모기업이 부도에 몰리기 전 선동열과 이종범을 각각 임대와 트레이드 형식으로 일본 프로야구 주니치 드래곤스로 보내면서, 6억 엔 안팎의 자금을 마련한 것을 포함하면 그 규모는 더욱 불어난다.

그렇게 8개 구단 체제에서 2개 구단이 주력 선수들을 팔고 2개 구단이 그 선수들을 집중적으로 사들이면서 전력 균형은 극적으로 깨졌다. 결국, 주요 선수들을 매각한 해태와 쌍방울은 최하위 권을 맴돌다가 해체되거나 매각되었고, 그 선수들을 흡수한 현대와 삼성은 2000년부터 2006년까지 7시즌 동안 각각 3번씩 우승을 주고받았다.

둘째, 1998년부터 시작된 외국인 선수 선발이었다. 한국 프로야구는 창설 2년 차인 1983년부터 구단마다 2명씩의 일본 국적의 선수 영입을 허용하고 있었지만, 그 경우에도 한국 혈통의 재일 교포에 국한했다. 그럼에도 1983년 시즌 30승을 기록한 장명부가 전 시즌 꼴찌 팀 삼미 슈퍼스타즈를 전후기 리그 2위까지 끌어올리거나 1984년에 25승을 기록한 김일융이 소속팀 삼성 라이온즈를 한국시리즈 7차전까지 이끄는 위력을 발휘하며 리그 판도를 좌우하기도 했다.

1998년부터 들어온 외국인 선수들의 영향과 파급력은 훨씬 컸다. 막대한 계약금과 연봉을 줄 수 있는 팀들은 시속 150km 이상의 강속구 투수와 시즌 40홈런 이상의 장타자를 손쉽게 얻을 수 있게 됐기 때문이다. 특히 도입 초창기인 1998년과 1999년에는 전 구단 합동 트라이아웃을 거쳐 지명권을 나누어 선발했지만, 2000년부터는 각 구단이 자유롭게 선발하도록 함으로써 좋은 선수를 찾고 계약을 끌어내기 위해 충분한 자금력을 동원할 수 있는 구단과 그렇지 못한 구단 사이에는 점점 더 큰 전력 차가 생겼다.

예컨대 시행 첫해인 1998년 현대와 삼성, 두산은 각기 두 명의 수준급 외국인 선수를 영입해 전력을 끌어올리며 우승을 다투었지만, 해태는 몸값이 저렴한 선수 한 명만 영입했다가 곧 방출했고, 쌍방울은 외국인 선수를 한 명도 영입하지 못했다. 게다가 외국인 선수들에 대한 각 구단의 투자가 점점 늘면서 한국 프로야구 리그에서 뛰는 선수들 수준도 높아졌고, 그에 따라 팀 성적에서 차지하는 비중도 커졌다. 2020년을 기준으로 외국인 선수는 10개 구단 통틀어 30명(투수 20명, 타자 10명)으로 전체 선수의 5%에 불과하지만 성적 면에서는 평균 자책점 10위권 투수 중 6명, 홈런 10위권 타자 중 5명을 차지했다. 외국인 선수가 팀 성적에 미치는 영향도 그만큼 커진 것은 당연하다.

셋째, 2000년부터 도입된 자유 계약FA 제도였다. 이전까지 '구단과의 계약에 합의하거나, 아니면 거부하고 은퇴할 자유'만 주어졌던 선수들에게 처음으로 여러 구단과 협상을 통해 계약할 수 있는 통로를 만들어준 것이다. 물론 145일 이상 1군에 등록된 시즌이 10년 이상인 선수들에게만 그런 자격이 주어지며, 그 선수를 영입한 구단은 원소속 구단에 보상 선수를 보내거나 그 선수 직전 연도 연봉의 3배에 해당하는 보상금을 지급하게 함으로써 성사 가능성을 극히 줄여놓은 제한적인 방식이긴 했다. 하지만 제도 시행 2년 차인 2001년부터는 자격 요건이 9년으로 줄었고, 2009년에는 대학을 졸업하고 군 복무를 마친 선수들에게 8년, 2011년부터는 대학을 졸업한 선수들에게 모두 8년을 적용하는 한편, 국가대표팀에서 활약한 선수들에게도 자격 완화 특혜를 주기도 했다.

그 결과 시행 첫해 해태 이강철과 LG 김동수가 각각 3년간 8억 원을 받기로 하고 삼성 라이온즈로 이적한 것을 시작으로 그 숫자와 규모가 점점 늘어나 2010년대 이후로는 해마다 10명 안팎의 선수들이 이 제도를 활용해 더 좋은 조건에 유니폼을 바꾸어 입고 있다. 그에 따라 선수들에게 투자되는 자금 규모도 꾸준히 커졌는데, 2005년에는 자금난을 겪기 시작한 현대 유니콘스의 심정수가 60억 원에 삼성 라이온즈로 이적했고 2017년에는 삼성 라이온즈에서 기아 타이거즈로 이적한 최형우가 총액 100억 원을 넘어섰으며, 2019년에는 두산 베어스 양의지가 NC 다이노스로 옮기며 125억 원을 받아 역대 최고액 기록을 세우기도 했다. 정상급 선수 한 명을 영입하기 위해 백억 원 이상의 돈을 낼 수 있는 구단들이 좋은 성적을 낼 수 있게 된 것은 물론이다.

전력 평준화 조치의 후퇴는 강팀과 약팀의 위치를 고착화하고 의외성을 떨어뜨리는 문제도 있었지만, 강팀들 사이의 경쟁을 더욱 치열하게 만들어냄으로써 지역 대결 구도가 점차 퇴색하는 중에도 야구의 인기를 유지하고 더욱 상승시킨 요인이 되었다. 강력한 전력 평준화 조치들에도 불구하고 장기간 패권을 독점했던 해태 타이거즈의 몰락은 오히려 단기적으로는 의외성을 높여 경쟁의 역동성을 확대했고, 팬들 입장에서는 응원팀의 모기업에 투자를 종용하는 방식으로 팀 전력 강화에 개입함으로써 더욱 몰입할 수 있게 되었기 때문이다. 그리고 기업 편에서는 비로소 성적이 투자에 비례하게 되어 추가 투자의 유인이 만들어진 셈이고, 한국 프로야구 리그 전체의 경제 규모와 위상이 확장되는 요인이 되기도 했다.

물론 과감한 투자를 거듭하고도 강해지지 못하는, 투자의 블랙홀 같은 구단의 팬들은 마땅히 원망할 대상도 찾지 못해 더욱 속을 태우며 미궁에 빠지게 되기도 했지만 말이다.

6개에서 10개로,
한국 프로야구는 어떻게 성장해왔을까?

IMF 경제 위기 중에 구조조정을 거친 이후, 한국 프로야구에서 이루어진 자유 경쟁 확대는 경쟁적인 투자 증가로 이어졌다. 그중 각 구단 차원의 단기적 투자는 자유 계약 선수 영입과 외국인 선수 선발 등 선수단 구성에 관한 것이었지만, 보다 거시적으로는 리그 참가 구단 수가 늘고 경기장 신축이 이루어졌다는 점에 주목할 필요가 있다.

우선 리그 확대는 1986년 빙그레 이글스가 7번째 구단으로 창설된 이래 2013년 10번째 구단 KT 위즈가 창설되기까지 이어졌다. 1982년 창설 당시 한국 프로야구는 6개 구단으로 구성되어 있었다. 서울, 인천과 경기 강원도, 대전과 충청남북도, 광주와 전라남북도, 부산과 경상남도, 대구와 경상북도의

6개 지역 광역권을 각각 한 팀이 연고지로 분할하는 방식이었다. 하지만 관중이 지속해서 증가하고 야구 경기가 열리지 않는 소외 지역 주민들은 프로 구단 유치를 요구했으며, 동시에 프로야구 리그 진입을 희망하는 기업들이 계속 나타나면서 구단 추가 창설의 필요성이 제기되었다. 게다가 2000년대 이후로는 지방 자치제가 자리 잡으면서 지자체들 사이에 프로팀 유치 경쟁이 나타나 리그 확대 유인이 더욱 강해졌다.

7번째로 한국 프로야구 리그에 참여한 기업은 한국화약 그룹이었다. 한국화약은 이미 1977년에 그룹이 운영하는 천안 북일고에 야구부를 설립하고 집중 지원해 1980년 봉황기 대회에서 우승시키며 충청 지역 야구의 대표성을 확인했던 기업이지만, 프로야구 창설 직전 창업자 김종희 회장이 별세하고 기업 경영권 승계 작업에 전념하느라 참여가 미뤄졌다가 뒤늦게 복귀하는 성격이 강했다. 마침 충청권을 연고지로 삼아 참여한 두산 그룹이 창설 당시 합의에 따라 1985년부터 서울로 연고지를 옮겼으므로, 연고지 인수 과정도 자연스러웠다. 한국화약 그룹이 보유한 유일한 소비재 관련 계열사인 빙그레 제과가 팀을 운영하기로 하면서 '빙그레 이글스'로 출범해 1986년부터 리그에 참가했고, 그룹 명칭이 '한화 그룹'으로 변경된 이후 1994년부터 '한화 이글스'로 개명했다.

8번째 기업인 쌍방울 그룹은 1991년부터 전라북도를 연고지로 하는 '레이더스'를 창단해 참여했다. 경상남도와 북도가 각각 팀을 보유한 것과 달리 전라남북도는 해태 타이거즈 단일 연고지였다. 물론 인구 규모 면에서는 광주와 전라남북도를 합친 것이 부산과 경남보다 적었고 해태 타이거즈 초창기 선수단 구성이 오히려 군산상고를 졸업한 전북 출신들에 의존했던 사연 덕분에 전북도민들의 충성도도 낮지 않았기에, 굳이 연고지를 분리할 필요는 없었다. 하지만 호남 지역 연고의 해태 타이거즈가 2년에 한 번꼴로 우승을 계속하는 압도적인 강세를 보였던 점이 오히려 연고지 분리 반대 의견을 누르는 힘이 됐다. 하지만 결국 전라북도는 군산상고와 전주고를 제외하면 경쟁력 있는 고교 야구팀을 보유하지 못하고 있었고, 연고지의 빈약한 선수 자원 때문에 최하위권을 전전하다가 외환 위기 중에 부도를 겪으며 파산한 쌍방울 그룹이 2000년에 프로야구팀을 해체하고 말았다. 그리고 그 뒤를 잇는 야구팀이 끝내 창설되지 못하면서 전북 지역 연고권은 다시 전남과 통합되어 타이거즈에 돌아갔다.

프로야구 리그는 시즌 중 매일 경기를 이어 나가야 하기에 원활한 경기 일정을 위해 짝수로 팀을 구성할 필요가 있고, 따라서 7번째 구단의 창설은 자연스럽게 8번째 구단 창설을, 9번째 구단의 창설은 10번째 구단 창설의 필요성을 만들어낸다. 그래서 한국 프로야구의 9, 10번째 구단을 창설하는 문제 역시 동시에 논의되고 결정되었다. 2000년대 후반부터 프로야구 인기가 다시 정점에 도달하며 리그 확대 요구 역시 비등해지자 2010년 내내 찬반 논의가 이어진 데 이어 2011년 초 마산·창원 지역을 연고로 게임 업체인 NC 소프트가 9번째 구단을 창단하기로 했으며, 2013년에는 전북의 부영 그룹과 수원의 KT가 치열한 유치 경쟁을 벌인 끝에 수원을 연고로 KT가 10번째 구단을 창단했다. 그 결과 NC 다이노스가 2011년에 창단해 2013년부터 프로야구 1군 리그에 참가했으며 KT 위즈가 2013년에 창단해 2015년부터 역시 1군 리그에 참가하기 시작했다.

6개 구단으로 운영되던 리그가 30여 년 만에 10개로 성장한 셈인데, 그 파급 효과는 훨씬 컸다. 예컨대 구단 수 증가폭은 2배에 미치지 못했지만, 경기 수 증가는 3배에 달했다. 첫해 각 팀이 80경기씩 치르며 모두 240경기로 운영되었다면 2021년 현재 각 팀은 시즌 중 144경기를 소화해 모두 720경기를 치르게 되었기 때문이다.

팀은 4팀 증가, 경기 수는 3배 증가

리그가 길어지고 경기 수가 늘어난 데 더해 성적 경쟁도 치열해지면서, 각 구단 선수단 규모 역시 확장되었다. 창설 첫해에는 해태 타이거즈가 선수 14명만으로 리그에 참가한 것을 비롯해 대부분 구단이 20명 안팎의 규모였다. 하지만 오늘날에는 1군에 등록할 수 있는 선수 수만 28명이며 2군을 포함해 보유 선수 규모를 63명으로 한정하고는 있지만, 실제로 대부분 구단은 육성 선수와 입대 보류 선수 등의 명목으로 100명 안팎을 확보하고 있다. 창단 초기 사장과 단장을 제외하면 실무 직원이 서너 명에 불과했던 것과 달리 오늘날 각 구단 프런트 역시 30명 안팎으로 늘어난 것도 중요한 변화의 일면이다.

한국의 프로야구에서 국가 주도성과 중심성이 강했던 이유는 창설 과정에서 역할이 필요했을 뿐만 아니라 기업이 경기장을 소유할 수 없다는 법적인 규제가 있었기 때문이기도 했다. 〈체육 시설의 설치·이용에 관한 법률〉에 따르면 야구장은 체육 시설업이 가능하지 않은 전문 체육 시설로 분류되며 설치와 운영 책임을 국가와 지방 자치 단체에 부여하고 있다. 물론 야구장 건설은 가능하지만 영리 목적으로 운영하는 것은 불가능하기에 구단이 직접 이윤 창출을 위해 경기장을 소유하는 것은 현실적으로 어렵다.

따라서 국가와 지방 자치 단체 소유 야구장을 임대해 사용해야 하는데, 〈공유 재산 및 물품관리법〉은 특정 사업자에 대한 수의계약을 금지하고 일반 경쟁 입찰을 의무화했을 뿐 아니라 임대 기간도 5년 이내로 한정하고 임차인의 영구 시설물 축조를 금지하는 등 여러 규제 조항을 가지고 있었다. 야구장 홍보 수입이 전부 혹은 대부분 지방 자치 단체에 귀속되는 것은 물론 입장료 수입 대부분을 야구장 임대료로 지불해야 했고, 야구장 개조나 변형을 통한 특색 있는 마케팅 전략이 어렵다는 점에서 야구단들의 고충이 있었다.

하지만 2002년에 인천광역시가 문학 야구장을 신축하면서 신생팀 SK 와이번스와 긴밀하게 협조한 것을 시작으로, 2010

년 NC 다이노스와 창원, 2013년 KT 위즈와 수원 등 신생팀 창설 과정에서 지방 자치 단체와 프로야구단 사이의 협조 및 협력 관계가 긴밀해졌다. 그 과정에서 프로야구단에 일정한 수익 창출 가능성을 제공해야 한다는 공감대가 형성되었고, 정부도 스포츠 산업 진흥에 관심을 보이기 시작했다. 그 결과 2007년에는 〈스포츠산업진흥법〉이 제정되어 구단과 사업자에 대한 지자체 지원이 가능해졌으며, 특히 2015년 12월 31일에 국회를 통과한 개정안을 통해 경기장 25년 장기 임대와 수의계약을 허용하도록 했다. 기업들의 지속적인 요구와 대중 여론이 정부를 압박해 법률의 일부 개정을 끌어낸 것이다.

법 개정과 투자 환경 개선

스포츠산업 진흥법의 제정과 개정은 특히 각 지방에 야구장이 신축되도록 하는 중요한 역할을 했다. 2014년 광주에 27,000석 규모의 광주기아챔피언스필드가 개장했고, 2015년에는 22,000석 규모의 국내 최초 돔구장이 서울 고척동에 개장했으며, 2016년에는 대구에 24,000석 규모의 삼성라이온즈파크가, 2019년에는 창원에 22,000석 규모의 NC파크가 개장했다. 그 외에 2012년에서 2014년 사이에 대전 한밭 야구장이 대대적인 개보수와 리모델링을 거쳐 한화생명 이글스파크로 재개장했고, 2014년에는 수원 공설 운동장 야구장이 역시

22,000석 규모의 KT 위즈파크로 리모델링해 재개장했다.

2000년대 이후에 신축되거나 리모델링을 통해 재개장한 야구장들은 공통적으로 2만 명 이상을 수용할 수 있는 관중 시설을 마련해 기존 1만 5천 석 안팎의 공설 야구장의 한계를 확장했고, 보다 안전한 시설을 완비함으로써 관중 편의를 확대했다. 그리고 야구장에 구단 이름을 넣어 일체감을 높이는 동시에, 스카이박스와 익사이팅석 등 고급 좌석을 설치하는 등 객석 구조를 다양화함으로써 적극적인 마케팅 여건을 마련하기도 했다. 물론, 건설 과정에 기업들의 참여도 확대되었는데, 광주챔피언스필드의 총건설비용 994억 원 중 기아 타이거즈가 300억 원을, 대구 삼성라이온즈파크 건설비용 1,666억원 중 삼성 라이온즈가 500억 원을 '25년간 사업료 선납' 명분으로 분담했고 창원의 NC파크도 1,270억 원의 총건설비용 중 NC 다이노스가 100억 원은 일시불, 300억 원은 25년 분납 형태로 납부함으로써 역시 25년 장기 임대권을 보장받았다.

프로야구가 창설되던 1980년대 초반에 신축된 서울 잠실야구장을 사용하던 LG 트윈스와 두산 베어스, 부산의 사직야구장을 사용하던 롯데 자이언츠를 제외하면 나머지 구단들은 모두 1960년대 중후반에 건설된 공설 운동장 야구장을 홈구장으로 사용하고 있었고, 낙후되고 협소한 경기장은 관중 증가를 가로막는 한계인 동시에 선수와 관중들의 안전을 위협하는 요소로 지적되곤 했다.

하지만 2000년대 이후 관계 법령 개선과 그것을 통해 가능

한국 최초의 돔 야구장인 고척돔 2015년에 개장해 프로야구 키움 히어로즈의 홈구장으로 활용되고 있다. ⓒ 서울특별시

해진 2만 석 이상의 최신식 야구장 신축은 프로야구가 다시 한번 성장할 수 있는 계기가 되었다. 그리고 여전히 야구장에 대한 기업의 완전한 소유는 이루어지지 않았지만, 실질적 사용권의 안정적 보장이 이루어졌고 활용 범위도 확대되면서 기업 활동 영역이 확대되었다. 이는 국가의 역할은 여전히 크고 중요하지만, 더욱 근본적으로는 프로야구의 주도성이 기업으로 이동하고 있음을 보여주는 단면이라고 할 수 있다.

맺음말

40년 뒤에도 한국인들은 야구를 즐기고 있을까?

또다시 '야구'의 연관 검색어로 '위기'가 떠오르는 시대가 됐다. 몇 년 전부터 조짐이 보이는가 싶더니, 코로나19 팬데믹으로 야구장이 문을 닫다시피 했던 2년을 보낸 뒤 돌아온 야구장에서는 빈자리들이 확연히 눈에 들어오기 시작한다. 갑자기 무슨 일이 벌어진 것일까?

WBC 지역 예선에서 탈락하며 안팎을 당황스럽게 하더니 올림픽에서도 졸전 끝에 메달 획득에 실패했다는 우울한 소식이 이어진 것이 영향을 미쳤을 수도 있다. 또 한동안 몸값이 끝이 보이지 않게 치솟으며 스타 의식에 빠져버린 프로 선수들이 팬 사인을 거절했다는 이야기들이 점점 늘더니, 팬들이 아예 정을 떼버린 것일 수도 있다. 가장 큰 시장을 가진 몇몇 구단이 오랜 시간 부진에서 벗어나지 못하면서 팬들을 지치게 한 것도 사실이다. 혹은 그 모든 것 이전에 당장 먹고살기부터 너무 팍팍해졌고, 야구장에서 마냥 즐기고만 있을 수가 없게 되었는지도 모른다. 또 어떤 이들은 야구라는 종목이 요즘 젊은 세대가 함께 즐기기엔 너무 길고 지루해진 것이 근본 문제라고도 한다.

이유가 될 만한 수많은 문제 중에 정확히 무엇이 얼마나 작용했는지는 알 수 없지만, 어쨌거나 분명한 사실은 한국 야구가 '위기'를 맞고 있다는 점이다. 그래서 다시 한번 생각하게 된다. 과연 40년 뒤에도 야구가 지금처럼 인기를 얻을 수 있을까?

돌아보면, 프로야구가 걸어온 40년 동안 지금 못지않은 위기가 여러 차례 있었고, 또 그 뒤에는 어김없이 부흥기가 뒤따랐다. 1987년 민주화 운동 중에 야구는 잠시 관심 밖으로 밀려났었고, 1998년 IMF 위기 여파로 산업의 존폐를 걱정해야 했던 적도 있었다. 2000년대 초반에는 야구장 안에 입장한 관중보다 양 팀 선수들이 더 많은 날도 간혹 있었고, 그래서 여름엔 구단들도 얼마나 속이 탔던지 홈팀 응원석 관중 모두에게 아이스크림을 돌리는 날도 있을 정도였다.

그렇다면 그때는 어떻게 위기를 벗어났던 것일까? 글쎄, 그것도 딱히 누가 어떤 처방을 받고 조치한 것이 아니다 보니 다들 사후적으로 추측만 할 뿐이다. 누군가는 역시 서울과 부산 연고 팀이 꼴찌권을 벗어나다 보니 그렇게 됐다고도 하고, 다른 누군가는 뭐니 뭐니 해도 국제대회에서 괜찮은 성적을 내서 가능했다고도 한다. 또 '어느 사장, 어느 감독이 나타나 좋은 팬 서비스를 하고 재미있는 경기를 만드니까 되더라'라고도 한다. 나름대로 이유로 통할 수도 있을 그 많은 이야기 중에 또 무엇이 얼마나 작용했는지는 알 수 없다.

그래도 한 번 터놓고 이야기해 보자면, 프로야구도 대부분 사람에게는 먹고사는 데 직결된 문제가 아니고, 그래서 죽고 사는 문제는 아니다. 그렇다 보니 정치적으로나 경제적으로 좀 안정돼야 뭐라도 해볼 수 있는 영역인 것은 분명하다. 정치적으로나 경제적으로 온 국민을 긴장하게 하는 시절이라면, 야구가 위기를 겪는 것에 대해 따로 떼어 걱정할 일은 아니다. 정치·경제적 위기가 결국 파국으로 처박히는 것만 아니라면, 언젠가는 벗어날 것이고 야구 역시 그에 따라 살아날 가능성이 크다.

하지만 그게 아니면서도 분위기가 영 예전 같지 않다면, 그건 좀 더 생각해볼 문제다. 애초에 야구가 대중적인 관심을 끈 것이 지역 간 대결 의식이었고, 그것이 좀 희석될 무렵에는 국제대회에서 성과를 내면서 국민적인 응원을 받았다면, 그 두 가지가 모두 식어버린 뒤에는 도대체 팬들이 야구에 몰입해야 하는 어떤 이유를 찾을 수 있을지 말이다. 예전에는 그저 대전에서 태어났다는 이유만으로 무턱대고 '최강 한화'를 외치고 대구에서 살았다는 이유만으로 '내 피는 파랗다'라고 우겼다면, 이제는 무슨 명분으로 그런 조건 없는 애정을 요구할 수 있을까.

과연 오늘 한국의 프로야구는 그저 보는 것만으로 빨려드는 기막

힌 묘기를 자랑하는 선수들을 가졌는가? 야구장에 들어서는 순간부터 귀하게 대접받는다는 느낌에 기분 좋아지는가? 혹은 같은 값에 여느 놀이공원 가는 것보다 훨씬 잘 왔구나 싶게 만드는 깔끔하고 신기한 시설을 갖추었거나 혹은 TV 속 영웅과 하이파이브하고 사진 찍고 사인볼 선물을 받을 수 있는 환상적인 경험을 선사하는가? 그중 무엇일 수도 있고, 그 모든 것일 수도 있겠지만, 어쨌거나 뭔가는 있어야 할 것이다.

지나간 40년, 아니 한국 야구 100년을 돌아볼 때 눈에 띄는 가장 뚜렷한 사실은, 대중이 관심을 갖기 시작하면서 야구에도 의미가 생겼다는 것이다. 대중이 보기 시작했을 때 선수들이 키워지기 시작했고, 대중이 몰입하고 응원하기 시작했을 때 야구는 직업이 되었으며 야구장이 지어졌고 정치인들이 야구 유니폼을 입고 유권자들 앞에 나서게 됐다는 점이다. 그것이 꼭 선수들이 대단한 플레이를 해서였던 것도 아니고 대단한 팬 서비스를 해서였던 것도 아니었지만, 어떤 맥락에서든 대중 감성이 야구장의 어떤 모습과 통했던 것이고 그런 행운으로 시작해 야구와 한국인은 성공적인 관계를 축적하고 발전시킬 수 있었다. 야구는 선수가 하는 것이지만, 선수가 야구를 할 수 있게 하는 힘은 그것을 지켜보는 이들에게서 나온다.

그래서 팬들의 의견과 주장이 반드시 있어야 하는 것은 아니지만 팬들의 존재 자체를 염두에 두는 것은 무척 중요한 일이다. 팬과 함께 즐기고, 함께 호흡하며, 도저히 이해할 수 없을 때는 팬들을 더 깊이 관찰하고 그들을 향해 애태우고 걱정하는 것. 어떤 제도를 만들거나 바꾸거나 혹은 어떤 선수의 어떤 행동에 어떤 처분을 내리거나 그것이 팬들에게 어떻게 보이고 느껴질 것인지, 또 팬들은 그래서 누구와 공감하고 어느 편에 서겠는지 먼저 생각하는 것. 어렴풋하지만 한국에서 야구가 살아온 길이 그랬고 나아갈 길 역시 그것이 아닐까 싶다. 그래서 그렇게 팬이 먼저 고려되는 곳이라면, 팬들도 차마 등을 돌릴 수는 없지 않을까 싶다.

야구는 야구일 뿐이라고도 하지만, 야구가 그저 야구여서 국민 스포츠가 된 것은 아니라는 게 이 책의 결론이라면 결론이다. 달리 말하자면, 야구와 한국인이 맺고 발전시켜온 성공적인 관계야말로 오늘날 한국 야구의 생명이며, 그것이 없다면 야구는 아무것도 아니다.

도대체 우리는
왜 야구를 보는가?

초판 1쇄 발행 | 2024년 3월 27일

지은이 | 김은식

펴낸이 | 김윤정
펴낸곳 | 글의온도
출판등록 | 2021년 1월 26일(제2021-000050호)
주소 | 서울시 종로구 삼봉로 81, 442호
전화 | 02-739-8950
팩스 | 02-739-8951
메일 | ondopubl@naver.com
인스타그램 | @ondopubl